21世紀の西脇順三郎
今語り継ぐ詩的冒険

澤　正宏

目次

CPCリブレ　No.3

はじめに

澤　正宏

二〇一五年一月三日付けの新聞（朝刊、共同通信社系）は、スウェーデン・アカデミーが一九六四年のノーベル文学賞候補を開示し、日本人の候補者の一人に西脇順三郎が入っていたことを報じていた。西脇順三郎がこの候補者になっていたのはこれで六度目となり、同選考委員会から継続的な評価を得ていたことになる（この年の受賞者はＪ・Ｐ・サルトル［一九〇五－一九八〇］だが辞退）。

本書は、二一世紀にも西脇順三郎の詩、ないし詩論は語り継がれるのかという基本的なコンセプトのもとに出版されることになった。ノーベル文学賞の選考委員会で話し合われた内容は不明なので、西脇順三郎の詩業のどういうところが注目されていたのか分からないが、少なくとも半世紀前までは、世界に通じる現代詩としての表現の可能性をもっていたことになるだろう。

本書は予言の書ではないので、その可能性を事実として伝えることにしている。西脇順三郎の詩の静かな持続として、近年、私の身辺であった主なことを挙げれば、二〇一一年九月に「韓国日本言語文化学会」が、「日本言語文化」の国際大会（ソウル女子大学）で西脇順三郎の詩について話せと、講演会に招いてくれたこと、同年一一月には、本書の発行元であるクロスカルチャー出版が、更なる研究の深化を図って『西脇順三郎研究資料集』（全三巻、第二回配本を企画中）を刊行したこと、二〇一四年九月に芥川賞作家の諏訪哲史（一九六九－）さんに会ったとき、西脇順三郎の詩との出遭いが小説家としての彼に決定的な経験になったとうかがったこと、同年一一月には、小千谷市教育委員会が西脇順三郎の文学遺産の継承を考えて、小・中学生・高校生のために『西脇順三郎物語』を発行したことなどがある。これらのことが二一世紀における西脇順三郎の詩の継承につながればと願っている。

講師　澤　正宏（福島大学教授）
司会　神　繁司（国立国会図書館職員）

司会　ご来場の皆さま、定刻となりましたので講演会を始めさせていただきます。

　本日は週末ご多用中のなか、クロスカルチャー出版主催の第二回文化講演会にお運びいただきまして、誠にありがとうございます。私は司会の神と言います。最後までよろしくお願いいたします。

　さて本日は、福島大学人間発達文化学類教授・澤正宏氏を講師にお迎えし、「詩人・西脇順三郎を語る」という演題で講演会を開催いたします。

　講師の澤先生はご案内の紹介によりますと、「近現代文学、詩歌、シュールレアリスムの研究家。紳士的な語りのなかに鋭い分析力を持ち、また、西脇順三郎の貴重なコレクションの持ち主でもある。著書多数」とあります。またこの秋（二〇一一年一一月）にはクロスカルチャー出版より、澤先生編集・解説による『西脇順三郎研究資料集』(全3巻) が刊行予定でございます (注・既刊)。
福島大学人間発達文化学類は、前身は教育学部ですが、そのミッションは、現代的課題に挑戦する創造的な学校教員を育成すること。家庭や地域、企業などでも輝ける人間発達の支援者を幅広く養成するということでございます。ですから、澤先生がこの学類で文学を教えておられるのは、まさに先生の文学のみならずの学究、ご活躍の広範さに拠るものではないでしょうか。

本講演のテーマでありますす詩人・西脇順三郎でございますけれども、私の勤める国立国会図書館のベテラン職員のなかでさえ、南極観測越冬隊長、登山家としても有名な西堀栄三郎と同一人物であろうと混同していたというほどに、ご来場の皆さまはべつにいたしましても、人口に膾炙(かいしゃ)しているとは言えないのではないでしょうか。

ただそのいっぽうで、かなりのファンや信奉者が存在していることも事実です。かくいう私の乱雑な書棚にも、持参しましたこの二冊が埃をかぶって並んでいました。鍵谷幸信編著『西脇順三郎―若い人のための現代詩』(現代教養文庫、一九七〇年) ですね。この本には「西脇順三郎全詩集が刊行」という一九八一年の新聞記事も挟み込まれておりました。もう一冊が那珂太郎編『西脇順三郎詩集』(岩波文庫、一九九一年) です。これが現在入手できる唯一の文庫ではないでしょうか。私もある時期、西脇の初級愛好家だったのかもしれません。

この岩波文庫の帯に三好達治の「詩を読む人のために」という文が引用されております。「詩を読み　詩を愛する者は　すでに彼が　詩人だからであります。」これにならえば、私も詩人ということになりますでしょうか。また、挟み込みのリーフレット「岩波文庫名詩集フェア」に大岡信はこう書いております。「詩を読むことが人生の重大事であるとは言えない。不急不要の暇つぶしのようなものだ。ただ、詩はそれを読む人を必ず別の時と場所へ連れ出す。「瞬間」も「永遠」も「異郷」も即座に私の胸に実現する。それが詩の重大事だ」と。

「淋しく感ずるが故に我あり　淋しみは存在の根本　淋しみは美の本願なり　美は永劫の象徴」、難解だと言われながらも、底知れぬ不思議な魅力をもつ西脇の詩。「詩人・西脇順三郎を語る」～水の女と放浪する乞食～」、魅力的なサブタイトルの意味するところは一体なんでしょうか。司会者のみならず、皆さまも興味津々なのではないでしょうか。

「初めに、言葉があった」、オバマ米大統領の言葉です（二〇〇五年六月、米国図書館大会基調講演）。ヨハネの福音書からの引用ですが、今、言葉の問題が現代社会において極めて重要なイシューとなっています。政治と言語、メディアと言語、言葉が社会を形作るといっても過言ではありません。澤先生は、原爆、原発、文学と日本が抱える諸問題についても一家言お持ちの方です。

さて、本日の講演がラビリンスへの道標（みちしるべ）となるのか、はたまたカタルシスへのサプリメントとなるのか、澤先生、それではよろしくお願いいたします。皆さま拍手でお迎えください。

第1部

講演会「詩人　西脇順三郎を語る」

澤　皆さんこんにちは。ご紹介いただきました澤と申します。

今日はうまく話せるかどうかわかりませんが、西脇順三郎という詩人の魅力について話ができたらと思っています。私は新しいメディアをうまく使えませんので、お手元にあります資料を使って話を進めていきたいと思います。司会者の神さんからお話いただきましたように、「水の女と放浪する乞食」というサブタイトルでお話いたしますが、これがメインのテーマになるのではないかなと思います。

今回クロスカルチャー出版から話をして欲しいと伺いまして、何を話したらいいのかなあと考えておりました。そしてちょうど大江健三郎の小説を昨年（二〇〇九年）から今年にかけて読んでいましたら、『臈(ろう)たしアナベル・リイ総毛立ちつ身まかりつ』（新潮社）という妙なタイトルの小説がありまして、そのなかで西脇順三郎の訳が引用されており、ほおーと思いました。

それから今年に入り一ヶ月くらいたった頃、たまたまテレビ（ＮＨＫ）を見ていたら、大江健三郎さんがインタビューを受けていて、「僕は小説家なんだけれど、本当は詩が好きなんだ」とおっしゃっていました。それでまた私は大江さんの別の小説、昨年末に出た『水死』（講談社）という小説を読み進めました。今言いました『臈たしアナベル・リイ総毛立ちつ身まかりつ』のなかには、アナベル・リイという少女が出てきます。このアナベル・リイというのは、エドガー・アラン・ポーというアメリカの詩人が書いた詩からとっています。これはそのアナベル・リイという少女と、この詩を映画にするということをめぐる小説なんですけれども、この少女をめぐるなかに非常にセクシュアルな部分がたくさんあります。少女とセクシュアルな問題、それから続けて大江さんは晩年に、晩年というか現在ですが、お父さんが水のなかで亡くなるという『水死』の問題が書かれている小説を書く。本日の講演のサブタイトルの話をしましたけれども、大江さんのなかでは別々なんですが、私のなかで、少女とセクシュアルな問題とそれから水死の問題が重なって、ああそうだ、そういえば西脇順三郎が自分の詩の表現で一番問題にしていたのは「水の女」だったと。つまり水のなかで溺れていく女性の心境を書くことが、彼が詩の表現として最も求めていたことなんだということを思い出しまして、それで今回のようなタイトルにさせていただきました。

もう一つは、大江健三郎はノーベル賞をもらった作家ですが、西脇順三郎は何回かノーベル賞にノミネートされた詩人でした。まあ強力な推薦がなかったのかもしれませんが、そういう意味では世界的な詩人でもある人なんです。ただ先ほど司会者の神さんもおっしゃったように、ちょっと表現が難しい部分もあるのかも知れませんが。もしもノーベル賞を受賞する詩人であったなら、大江さんに匹敵するくらいの文学の高さはあったんだろうと思います。

一、二一世紀を生きる西脇順三郎

○順三郎の訳詩を読む大江健三郎——共通の表現としての「水死」

・小説家だが、本当は「詩」が好きな大江健三郎氏。

・小説『﨟たしアナベル・リイ総毛立ち身まかりつ』（新潮社、平一九年一一月）でT・S・エリオット（西脇順三郎訳）『荒地』を引用している。

・小説『水死』（講談社、平二一年一二月）で「父、水死」に立ち向かう。

○現代詩人への影響が持続する順三郎の言葉（例・城戸朱理の場合）

城戸　私にとっての、これこそ詩だという出会いは、やはり西脇順三郎だったと思います。村野四郎編の新潮文庫版をボロボロになるまで読んでは買い換えたりしていました。

西脇さんの作品で、詩によって世界が更新される、世界が新たになるという体験をしたのですが、それは、戦前の『*Ambarvalia*』（一九三三）の冒頭からそうでした。それ以前では、翻訳の詩などは読んでいたものの、日本の詩はどうしても学校で習ったものに限られるので、あまりにも主情的でウェットで繊弱なものだという印象が強かったんですが、西脇さんの詩を読んでそれが一瞬にして取り払われた。

（『討議　詩の現在』城戸朱理・野村喜和夫、思潮社、平一七・一二）

※講演会当日配付の資料より抜粋

では、現在の日本現代詩のジャンルでは西脇順三郎はどう受け取られているのでしょうか。城戸朱理さんという現代詩人の文章を引用していますのでご覧ください（右頁資料参照）。城戸さんは、『討議　詩の現在』（思潮社、二〇〇五年）という本のなかでこんなことを言っています。下線部分のみを読みますと、「私にとっての、これこそ詩だという出会いは、やはり西脇順三郎だったと思います」。どういう出会いをしたのかと言いますと、「世界が新たになるという体験をしたの」だと。「主情的でウェットで繊細なものだという印象が強かった」という今までの日本の詩を、一変させてしまったと、そういうことが書いてあります。だいたいにおいて日本の近代詩はウェットで主情的でというのが主流でして、ずっとそういう考え方があります。

私はある出版社で、昭和初年代から一〇年代までの年間詩集の仕事をしたんですが、年間詩集に選ばれる日本の詩には現代詩になってもほとんど、詩観の根本に主情や抒情がありますね、リリカルなものというのが主流でした。しかしこれをがらっと変えた詩人の一人が、西脇さんだったのだろうと思います。

シュールレアリスムというのは二〇世紀最大の芸術思想ですよね。ある人は、「二〇世紀を生きた人間でシュールレアリスムを理解できないものは、もう二〇世紀の人間ではない」と言っているほどです。西脇さんは直接ヨーロッパに行って、シュールレアリスムに触れるわけです。彼が日本に持って帰ってきたシュールレアリスムはまた少し違うのですが、そういう大きな思想を日本に持って帰ってきて紹介した人です。

城戸朱理さんは別のところでも、「ほぼ現代詩人の多くは、結局、現代に残る詩人は西脇順三郎じゃないのかということを皆しきりに言っています」と言っています。私が言っているわけではなく、詩人の多くが、西脇に戻るということを言っているんです。ですからやはり避けて通れない詩人なんですね。

では西脇順三郎という詩人は、端的に言って何がそんなにすごいのかということですが、私は四つの特徴（思考のスタイル／淋しさ、哀愁という詩情／諧謔／民俗学への興味）をあげました。たぶんこれらが、彼の詩が二一世紀を生きていくファクターになっているのではないでしょうか。じゃあこの四つを備えていれば誰でも二一世紀の詩人を生きられるのかというと、そういうことでもないと思いますが、現代の日本では非常に重要な詩のファクターになるのではないでしょうか。今日は最初にそういう話をしたうえで、「水の女と放浪する乞食」の話に入ります。

一　二一世紀を生きる西脇順三郎

まず、西脇順三郎が二一世紀を生きる詩人だということについてです。先ほど述べたように現代の詩人たちが「現代に残る詩人」と言っているので、考えてみないといけない問題だと思います。

彼の詩における大きな四つの特徴のうち、一つ目は「思考のスタイル」という問題があります。日本の近代では、詩というのは感動して「ああ」とか「よかった」とか、そういう抒情や感情を流露するものだと言われてきたわけです。近代詩で一番大きな詩人である萩原朔太郎も、「詩というのは盛んな感情の流露だ」と言っています。しかしこれをひっくり返してしまうのが西脇順三郎なんですね。ところが後日談になりますが、萩原朔太郎が私の詩の先生だったと言ったのも実は西脇順三郎で、そのへんの話はちょっと輻輳するので本日はやめますが……。

「詩は思考のスタイルだ」というふうに主張することで、それまでの抒情詩観というものをひっくり返してしまうんですね。「思考のスタイル」と言いますと、つまりものの考え方ですよね。皆いろいろなものの考え方を持っていますが、思想の内容に関わらないで、人のものの考え方ですよね。そういう考え方を彼は日本の詩をウェットに考えてきた土壌に持ってきたということが言えます。

その「思考のスタイル」を支えているのは「連想」なんです。非常にとんでもない連想をするわけですね。そして、その連想は言葉に厚みや深さや広がりをもたらすことになるわけです。そうなりますと、もうこれは私たちの現実とは違った世界に、詩の言葉がわれわれを運んでくれることになりますから、それはいわゆる文学の最も一番基本的な作用である異化作用を果たしているわけです。異化作用とは、ロシア語でオストラニエーニェ（Остранение）と言うそうです。ソ連時代の学者たちが文学を研究したときに、文学には異化作用があるんだということを見つけたそうです。言葉にそういう作用がある「思考のスタイル」によって、詩はわれわれを非現実的な世界へ運んでくれるということがまずあるわけです。

ただそこは、戦前、戦中、それから戦後と分かれていまして、どうしてかはまた後で話しますが、戦前、戦中のある意味では機械的に言語処理をしていた時代から、敗戦を味わうことによって戦後は、人間のいわゆる生死の問題が切実に感じられるようになり、実存意識や認識が深まったと言いますか、そこでは寂しさということを言い出すわけです。まあとにかく「思考のスタイル」ということがあったこと、それが大きな詩の考え方としてあったということは注目すべきだと思います。

二つ目は宇宙の永遠性とか絶対性とか、宇宙の無であり、それに対する詩情ですね。彼は戦前から戦後までずっと、宇宙の無を詩の本質にしているわけですが、今言ったように、戦後になって宇宙の永遠や絶対や無を語り始める時に、自分はそれに屈服したんだと告白するわけです。戦前、戦中は無なんか相対的なもんだ、ということで抗っていたんだけれども、戦後は無に屈服して、やっぱり自分は宇宙の無のなかに戻っていく存在だということを言い始めるわけです。そうすると寂しさや哀愁ということがどうしても詩情として出てくるんですね。そういった宇宙の永遠性、絶対性、無などというものを、戦前、戦中、戦後と一貫して、詩の言葉で何とかして表そうとしていた詩人であると言えるわけです。

詩というのは小説とどこが違うのかと言いますと、小説はあまり宇宙の永遠性とか絶対性とか無なんていうことは相手にしなくていいんですよね。小説を書かない私がそう言うのもおかしいのですが、いいんですね。ところが詩は本質的には、宇宙の永遠性や絶対性や無というものを相手にしないといけない分野なんですよね。マラルメやランボーなんかそうだったでしょう。ランボーはそれを見つけたと言う詩を作ったんですが、見つけた人はまあもう詩を捨ててもいいんですよね（笑）。

三つ目は諧謔ということです。西脇順三郎はボードレールから学んだと言っていますが、諧謔、広く言えばイロニーやユーモアなどを彼は一生懸命説きました。なぜそういうものが重要なのかと言いますと、根本的には、これは非常に当たり前のことなんですが、私たちはいつかみんな死んでいくわけです。死んでいく人間が今現在こうやって生きているという絶対的な矛盾から、人間にはイロニーやユーモアや諧謔というものが生じてくるんだということが、根本的な諧謔の問題だと思います。

四つ目は、あまり多くの詩人は持っていないものなのですが、西脇順三郎は土俗学（ないし民俗学）への深い興味を持っていて、それが彼の詩を非常にいきいきさせています。野趣に富むと言いますかね。私なんかも小さいころは田舎で育ちましたので、読んでいるとよくわかる部分があります。例えば、土とぴたっと密着した部分です。そういうものは近代、現代のなかで排除されていくんですが、西脇さんはむしろ非常に現代的でありながら、詩のなかにそういうものをどんどん取り入れていくんですね。そうすることによって詩を活性化、ヴィヴィッドにさせていくという面もあったのです。それはいわゆる近・現代化された精神性ではとらえられない人間観につながるだろうし、彼はヨーロッパ文学の研究家でありながら、キリスト教にまったく染まらなかったという意味でも非常にユニークな詩人じゃなかったかなと思います。

ですから、民俗学的な写真などを挿入した『ambarvalia』という、日本で初めてラテン語のタイトルをつけた詩集を出す（一九三三年）のですが、「ambarvalia」という言葉自体が民俗学的です。このラテン語は日本語にすると穀物祭や収穫祭の意味で、日本だと稲がとれてお祝いをする祭りですよね。この言葉自体がすでに民俗学的なものであるということから、四つ目の特徴も私はとても重要だと考えています。

　では少し民俗学的なことを含めて詩を紹介します。「コップの原始性」と言う詩をごらんください。「原始性」という言葉がもう民俗学的です。

ダフネの花が咲き
光る河岸を
林檎とサーベルをもつた天使のわきを過ぎ
金髪の少年が走る
アカハラといふ魚を
その乳光の眼の上を
指の間でしつかりつかみながら
黄金の夢は曲がる

「コップの原始性」全　（『ambarvalia』椎の木社、一九三三年）

詩「コップの原始性」の素材となった I Tre Arcangeli e Tobiolo
「詩の成り立つところ - 日本の近代詩、現代詩への接近」
（翰林書房　2001年）

詩は「コップの原始性」というタイトルですが、今読んだ部分はコップとはまったく関係ないことが書いてあります。これも一種の諧謔なんですよね。タイトルを提示しながらそれとは関係ないことを書くというのも、一種の諧謔だと言えるわけです。最終行に「黄金の夢は曲がる」とあります。これはヒントを出しているわけで、わかりやすく言えば最終行直前まではガラスコップに写っているイメージだと思えばいいんです。それが曲がっていくということですから、いわゆるガラスが持っている屈折性を出しているわけです。最終行で詩のタイトルを気付かせるという詩の方法でいうと推喩法を使っていますね、推し量らせるということです。

総合的に言いますと、「コップの原始性」というのはコップのオリジナリティ、それは透明性ということです。この詩を読むと、人間の原始性というのはまったくなくて、天使でしょ、それから金髪の少年とか、だいたい人間の原始性とは遠い世界を書いています。コップのオリジナリティは透明性と、ガラスですから屈折性ですよね。そういうことを念頭に詩を書いている。詩のイメージはコップとは関係ないようだけれども、その関係ないというところがまた諧謔であって、本当はガラスに映るイメージを書いているんです。

そして、このイメージは先にふれてしまいましたが、実はこの絵が出典になります。絵を使って詩を書いているんです。ボッティチェリの「トビアスと三大天使」という絵でウフィッィ美術館にあるのですが、二〇年に一度ぐらいしか公開しません。めったに見ることができないので、この絵が出典だと気づくのはよほどの玄人でないとわからないでしょうけれども、私はたまたまウフィツィ美術館に行った時にこの絵を見つけたので、「ああこれだったたんだ」と思いました。

ですから民俗学（ここでは厳密には聖書外伝）があり、諧謔があり、それから今言ったように推喩法を使うという「思考のスタイル」もありますよね。また、天使といった永遠性、絶対性もあります。詩の主眼は「コップの原始性」というタイトルを掲げておいて、全然関係のないようなものの考え方をするということにありますが、こういうことを考えれば、おおよそ最初にあげた四つの特徴が入っているということになります。

さて詩をもう一篇紹介します。『ambarvalia』という日本語で書かれた詩集を読んでみますと、詩でマニフェストを書いています。マニフェストというのは、私はこれからこういう詩を書きますよと言うことですが、それを生の言葉で言わないで詩で表現するんです。つまり詩的に表現されたマニフェストが書かれています。全部紹介するのは長いので、簡単に冒頭部分だけをご紹介します。

ダビデの職分と彼の宝石とはアドーニスと莢豆との間を通り無限の消滅に急ぐ。故に一般に東方より来りし博士達に倚りかゝりて如何に滑かなる没食子が戯れるかを見よ！

（「馥郁タル火夫」冒頭、一九二七年）

こういうふうにこの後ずっと詩は続くのですが、さっぱりわけのわからないことばかり書いてあります。しかしこれはとても論理的に書いてあるんです。

これを解説しますと、まず「ダビデの職分と彼の宝石」というのは、ダビデの職分は旧約聖書に出てくる話ですね。彼が宝石をつけていたというのは、聖書を詳しく読むとわかりますので、これらは聖書からとられたものです。「アドーニスと莢豆」ですが、アドーニスはギリシャ神話の植物の神様です。莢豆は植物です。ですから、「ダビデの職分」と「彼の宝石」同士は近い関係であり、「アドーニス」と「莢豆」同士も近い関係です。

しかし、「ダビデの職分と宝石」と「アドーニスと莢豆」という語句同士は遠い関係になります。これらをくっつけると、われわれがそれを読んでいる時点でのこの一行の意味がわからなくなってきます。文の意味は、異質な言葉同士がぶつかってしまう「間を通」るものですから、われわれのなかで意味がとれなくなってしまい、一瞬意識が空白になる。それを「無限の消滅に急ぐ」と言うわけです。

さらに言えば、「ダビデの職分と彼の宝石」は旧約聖書だと言いましたように、ヘブライズムです。いっぽう「アドーニスと莢豆」はギリシアですからヘレニズムです。すると簡単な話で、ヘブライズムの文化とヘレニズムの文化をくっつけて書いているんです。「故に」はそれを応用するとこうなると、つまり「一般に東方より来りし博士達」が一要素ですね。それから「間を通り」に当たるところが「倚りかかる」とか「戯れる」ということになるんですが、もう一つの要素は「如何に滑らかなる没食子」ですよね。「東方より来りし博士達」というのは「東方三博士礼讃」と言って、ほとんどの美術家がこの絵を描いております。ラファエロも描いております。マギ（magi）といわれる星占いの祭司階級の学者たち三人が出てきて、キリストが生まれることを村々へ歩いて説いていく人たちです。これはクリスマスの元の話になっています。

それから「滑らかなる没食子」ですが、没食子とはブナ科の植物に傷がついてそこが膨らんでしまう虫瘤のことで、ギリシア人はこれを漢方薬として使ったり、エジプトでは青いインクにしていました。これはどちらかというとヘレニズム圏のことですので、先ほどの応用になりますがヘブライズムとヘレニズムをくっつけています。ここにも思考のスタイルが認められます。

「如何に戯れるかを見よ！」というのは何と言いますか、詩の意味はこれで無になるのですが、今度は無になるとは書かないで「戯れる」。博士たちに戯れる没食子ということで、これは聖書をばかにしていますよね（笑）。虫瘤が聖職者に倚りかかって戯れているなんてね。要するに、新約聖書の意味をここでは無化しようとして、からかっているイロニーなんです。キリスト教に染まらなかった文学者だという話をしましたが、聖書の精神性なんてまったく表現していないでからかっているんですね。

それからシュールレアリスム的な技法についてです。夢とか無意を除外してみた場合、AとBという無関係にあるもの同士を結んで、そこに新しい意味を見つけ出そうとするのが表層的にみたシュールレアリスムの技法なのですが、西脇順三郎は詩「馥郁タル火夫」の冒頭ではそういうことをあまり考えないで、無関係なもの同士が一緒になれば無になると単純に考えています。

なんで無にするのかというと、四つの特徴の二つ目です。彼はこの世の根源的な存在の本質は無だと考えるから、ここでも詩の言葉で無を表現しようとするわけです。しかもその無の表現の仕方は、最初に言いましたように、戦前、戦中の場合は非常に機械的にやろうとしていたんですね。頭脳的に処理をしようと。しかし無という問題は機械的に処理できるものではありません。自分もいつかは無になるわけですから。その自分が無になるということを知らされたのが戦争体験だった。ですから実存的な無という方へ、彼の考え方も傾いていくわけです。それが戦後であったというふうに言えるだろうと思います。

およそだいたいその四つの特徴があるので、西脇順三郎という詩人は現代の二一世紀を生きられる詩人なのではないかと私は思います。

諧謔ということで言えば、イロニーであるとかユーモアだとか、言葉はいろいろあります。ユーモアとか諧謔とか、サタイアという風刺を意味する言葉も出てきますが、たぶん西脇順三郎は結論的に言うと、そういうことを全部ひっくるめて諧謔と言っているんだろうと思います。詩を実際に読めばそうですね。

ここで簡単にお話をしますと、「ユーモア（humor）」の語源は、人間の身体のなかをぐるぐる流れて回っている体液を指す「フモール」から来ています。ユーモアを感じると、われわれの身体のなかの流動する液体がより活性化されるという意味です。そういう語源がありますから、諧謔、ユーモア、サタイアそれぞれがどう違うかと言われても、西脇順三郎の場合は同一と考えていたと言っていいのではないでしょうか。テオドール・リップスという『美学大系』という本を書いた人は、ユーモアには三段階あると言っています。一つは諧謔のレベル。二つ目はサタイアと言って風刺のレベル。それから三つ目はイロニーという皮肉のレベルです。厳密にはそれぞれどう違うのか、明確に区別できるのかなどよくわかりませんが、西脇順三郎のなかではそれらはだいたい大きくとらえられているのではないかと考えられます。

あるいはベルグソンという人は『笑い』という著作のなかで三つ考えていますね。一つは、ユーモアは非常に人間的でないといけないということです。二つ目は、純粋な理知に触れてくるものであるということです。ですから情緒や感情が伴ってしまうとユーモアをユーモアとして解せなくなるということです。例えば非常に感情的な人はユーモアをなかなか返せない、ということを言っていますね。私自身は感情的かどうかわかりませんが、ユーモアは好きですから、なるほどなと思います。それから三つ目に、社会的な意味を持っているということもあげていますね。ですから西脇順三郎の詩を読むと、風刺的な表現も皮肉の表現もありますので、それらをひっくるめて諧謔と言っていいと考えます。基本的には諧謔という言葉で統一をしていきたいと思います。


さて、最大の問題であります無の問題についてです。

簡潔にお話しますと、西脇順三郎という詩人は、宇宙の本質は無だと考えているんですね。ところが戦前、戦中は、「地球と人間とその他地上にあるものは終ることがある（中略）終る（ママ）ことは最終の Verite（真実）である」と言っています。そういうことを言っておきながら、最終的には「終ることを崇拝はしない」と言って、絶対的な無ということを認識しながら抗うといいますか、そういうものは崇拝しないんだと相対化しているんです。さらに「絶対といふ観念は、それ自身相対的な存在である」と言っています。そして「二元の存在は真の絶対の存在である」と。そのつまり絶対的な無の立場と、絶対的な無を認めないという立場とが、二元の存在なんです。その二元の存在こそが絶対的だと言って、要するに、絶対的な無を最終の真実としながらそれを認めようとしなかったということが言えるのです。

実は私が西脇順三郎研究で一番悩んだのが、この絶対的な無の問題なんです。ヨーロッパ人が永遠とか絶対的なものと言うときと、東洋人が言う永遠や無というものは違うんですよね。ところが西脇順三郎はすぐに「ヨーロッパの永遠」と「東洋の永遠」を一緒くたにするんです。ですから、それらのどこが違うのかをまずきちんとしておかないと、この詩人の詩は読めないのではないかと私は痛感しました。西脇順三郎の詩や詩論を読んでいて、ヨーロッパ人の無とは何かと考えたときに発見したことがあり、その発見で西脇順三郎についての論文が書けるようになりました。あるときは全然書けなくてとても困ったんですが、無に対する東洋的な態度と西洋的な態度とがわかったときに、ああ書けるんだなと思いました。

西洋的な無については、例えばクローデルという人の詩論を西脇順三郎も引用しています。私が考えるには、モーリス・ブランショという人がはっきり言っているのですが、「クローデルが現在を欲するのは、現在に対して現存するためであって、現在のうちに没し去ってしまうためではない」と。つまりクローデルは、宇宙は時計であると言います。その時計とは何かというと、諸々の事物が運動しながら持続しているのが時計なのだと。ですからヨーロッパ人は宇宙の刻一刻の時間が持続の時間であり、そして自分の意識がそこに消滅していくことを非常に恐れるということをブランショは言うわけです。簡単に言ってしまえば、無の前に立ってヨーロッパ人は恐怖を覚えるんです。もちろん私たちも同様で恐怖しますよね。明日地球が終わるなんて言われたら、自分がいなくなるなんてと恐怖しますけれど、ヨーロッパ人の場合はそういう自我意識がとても強くて、それがヨーロッパ的な考え方になっていると思います。

しかし、先ほど紹介した詩「馥郁タル火夫」で西脇順三郎はあっさり詩の意味を無にしてしまうんです。彼の場合は、無に対して恐怖を覚えるということではないんです。ですからそこのところが違うわけで、これが東洋的な無に対する態度なのです。考えてみれば、ヴァレリイもマラルメも宇宙の無に対して徹頭徹尾、人間の側に立って反対をした詩人です。ヴァレリイやマラルメやクローデルはフランスサンボリズムの詩人たちですが、彼らは宇宙の無を問題にし、それと自分の関係を問題にしていました。西脇順三郎は戦前、戦中はフランスの象徴主義の詩人たちと同じように、絶対的な無の前で、それを相対的に考えようとしていた。抗おうと、克服しようとしていた詩人だということがわかります。しかし本質的には今言いましたように、あっさり無を認めてしまうところがありまして、そういったところが戦争を体験するなかで変わっていった要因だと思います。

次に、先ほどご紹介した『ambarvalia』という詩集のなかの一節なのですが、われわれが読むとよくわからないところで、民俗学の知識などを使っている詩があります。例えば「コリコスの歌」という詩があります。これもマニフェストになっている詩ですが、ちょっと読んでみます。

浮き上がれ、ミユウズよ。
汝は最近あまり深くポエジイの中にもぐつてゐる。
汝の吹く音樂はアビドス人には聞えない。
汝の喉のカーヴはアビドス人の心臓になるやうに。

「コリコスの歌」全（『MADAME BLANCHE』一九三三年初出）

時間がないので、詳しくはここではお話できませんが、ここに出てくる言葉の出典をずっとたどっていきますと、「アビドス人」というのは日本人のことなんです。だから、ウェットで抒情的な詩を好む日本人に対して、現代詩の「ミユウズよ」と、ミユウズを呼び出して日本の詩を新しい詩にしようよと言っているわけです。「汝の喉のカーヴはアビドス人の心臓になるやうに」と、こういうのは新しい音楽の視覚化ですね。音楽が詩として喩えられていて、詩を歌う喉のカーブが抒情を意味するのではなくて、これからの日本人の新しい詩の心臓になるようにと言っているんです。これはマニフェストでして、そうなると明らかに、抒情詩の大成者と言えば、日本で一番最初に抒情詩として近代詩を成立させたのは島崎藤村ですが、このアビドス人というのは結局のところ島崎藤村の批判にまで及ぶんです。そういうことは隠されていますが読み込むことはできます（今回は割愛します）。

「アビドス」という言葉が問題になるわけですが、これはローカルレジェンドといって、地方の神話の宝庫になっているところなんです。トロイ王家の牛を飼っている港に近い場所でした。そこからはさまざまな地方の神話や歌謡（詩）が発掘されていまして、有名ものでは「ヒアローとレアンダー」という悲恋の古伝があります。たくさんの詩人が古代から現代に至るまでこの古伝をアレンジして詩にしています。バイロンの「アビドスの花嫁」という詩は有名ですし、ノーベル賞をもらったオーストリアのグリルパルツァーという詩人も書いています。だいたいヨーロッパの詩人は「アビドス」と聞くと、ローカルレジェンド、つまり田舎を思い出したものです。だから「アビドス人には聞えない」と言われたときに、日本人は「なんだそれは」と思いますが、ヨーロッパ人でちょっと知っている人はわかると思います。これはつまり、日本人を田舎者だと言っているわけです。現代詩は田舎者には聞こえない、抒情詩やウェットな詩こそが詩だと思っているアビドス人とは日本人のことなんです。ですからこの詩の語り手は、これから歌う私の新しい詩こそがアビドス人の心臓になるようにと祈り、祈りの形式を借りてマニフェストを歌っているわけで、ここにも民俗学へ通じる非常に深い興味が隠されていると思います。

次の詩も難しいのですべてを解説できませんが、ちょっと読んでみましょう。

精靈の動脈が切れ、神のフイルムが切れ、
枯れ果てた材木の中を通して夢みる精氣の
手をとつて、唇の暗黒をさぐるとき、
忍冬の花が延びて、岩を薫らし森を殺す。
小鳥の首と寶石のたそがれに手をのばし、
夢みるこの手にスミルナの夢がある。

燃える薔薇の藪。

「手」全（『MADAME BLANCHE』一九三三年初出）

全然意味がわかりませんが、問題は最初の「精霊の動脈が切れ、神のフイルムが切れ」という部分です。これは二行目にあるように森の木が倒れるということを言っています。しかし簡単には言わないいんですね、思考の仕方ですから。これは民俗学の知識を借りていまして、「精霊の動脈」というのは霊が宿るとされた植物の葉脈から来ている暗喩なんですね。「神のフイルムが切れ」というのも古代人が木を神（フイルムは神の網膜）と崇めるなどというところから来ていますから、やはりこれも暗喩なんです。これらはイギリスの社会人類学者であるジェームズ・フレイザーの著作で、民俗学をやる人にはバイブルと言われている『金枝篇』（岩波文庫）を使って書いているわけです。この一行目を見るだけでも民俗学の知識を使って書いていて、枯木のイメージが非常にヴィヴィッドに表現されています。だってそうでしょう、木が倒れた、木が枯れたと書かれるよりも、精霊の動脈が切れたなどと書かれたほうが何のことかわかりませんけれども、詩が生き生きしてきます。

それから最終行の「燃える薔薇の藪」という表現についてですが、今朝、ＮＨＫの「ゲゲゲの女房」というインタビュー番組を観ていたら、水木しげるさんが「若いころ、エッカーマンという人が書いた『ゲーテとの対話』という本を人生の最後の一冊として戦争に持って行ったんだ」とおっしゃっていました。「燃える薔薇の藪」というのは、その『ゲーテとの対話』に出てくる言葉です。要するに、バイロンのことなんですね。エッカーマンが晩年のゲーテに付き従っていて、いろいろと詩の秘密を聞き出すんです。その時に「バイロンとはどういう詩人なのですか」とゲーテに尋ねると、「あいつは燃え盛るイバラの藪だよ」と答えたんです。うまいことを言いますねえ。この言葉がヒントになるように、詩「手」は全体としては森のなかで情熱的なもの、浪漫的なものへ向かう美意識（詩のタイトル「手」はこの暗喩）を表現しています。

では続いて、戦後以降の「淋しさ」「哀愁」の詩学への転換についてお話ししたいと思います。先ほど言いましたように、最初は永劫だとか永遠だとかいうものと、相対的に対したり抗おうとしました。ヴァレリイやマラルメやクローデルに共通する姿勢を持っていたんですが、戦争を体験するなかでそういう姿勢が失われ壊れたわけです。そして、永劫という言葉を使う自分の意味は、むしろ必然的に無や消滅を認める、絶対的な無への屈服を意味するということを言うわけです。そういうことは今までは認めなかったわけです。

つまり、宿命的な淋しさをわき上がらせることになり、このようにして西脇順三郎は日本的な詩人へと回帰したと言われるようになるのです。「哀愁」という言葉がありますが、日本人の情感はいろいろあって難しいですね。「哀」も「愁」も悲しみの意味を含みますけれど、「哀」のほうが憂いも含むんですが、どちらかというと悲しみが強いニュアンスです。「愁」は悲しみももちろん含みますがどちらかというと憂いが強いです。それから「哀愁」と並び立つのが「孤独」です。これは「淋しさ」あるいは「孤立感」のことです。これらが一体となって混じり合い、日本人の心の奥底から最も日本的な情感である「あはれ」が出てくるというのはよく言われることです。ですから捨て犬を見て哀れになるというのとは全く違って、日本人が持っている「あはれ」というのは、悲しみと憂いと孤独感と淋しさとがミックスして、混じるというだけでなく、それらが一体となって心の中にずーんと降りていったときに、「あはれ」という感情が出るんですよね。われわれの意識には、「哀しみ」「憂い」「淋しさ」「孤独感」といった要素がミックスされてぐーっと深く潜んでいて、そこからにじみ出てくるのが「哀れ」なんですね。西脇順三郎が「哀愁」というときは「あはれ」（哀れ）の意味の哀愁に近いわけです。これは東洋的というか日本的な情感だと私は思いますが、そこに西脇順三郎の詩ははまっていくんですね。これだけではありませんが、日本人の基本的な情緒、情感を構造化すれば今述べたようなかたちになるのです。「悲しみ」と「哀れ」は違うし、「憂い」と「哀れ」も違います。「哀れ」のほうが総合的に深まっている日本人の情緒だということになります。

二一世紀を生きられる詩人として、現代の詩人達が認めている西脇順三郎というのは、これら四つの要素を持っているから、ずっと生き延びている詩人になっているのではないかなと私は思います。他にも要素はあるでしょうし、他の詩人は他の詩人でまた二一世紀を生き延びる要素があるでしょうけれど、西脇順三郎に関してはそう思っています。

二　西脇順三郎の詩における言語表現としての達成

さて次の話は、西脇順三郎が言語の表現として目指したのは「水の女」だったということについてです。

「水の女」というのは、別に西脇が最初に言ったことではありません。『水の女』の伝統性と特殊性」と西脇順三郎は自分の言語表現の総決算として「水の女」を表現するわけです。

ヨーロッパではだいたい一九世紀の文学の潮流として、とくにイギリスのビクトリア朝の文芸で盛んになるんですけれど、それまで浪漫主義の詩人たちは青空を書いたりしていたんです。浪漫主義者たちは青空をずっと詩にするんですが、やがてそういう表現から墳墓や地下などの地底や海底の世界、海や川という自然へと表現を移していきます。

そして、それらに神話や伝説の研究や発掘の成果も加わっていきます。一九世紀になってそういう傾向が出てきたところで、「水」あるいは「水の女」というものが注目され始めることになるわけです。日本でも近代文学を見てみますと、夏目漱石の『草枕』のなかには那美さんという女性が出てきますが、彼女がオフィーリアに重ねられた死の願望を話すというようなところがあったり、あるいは同じ漱石ですが、『薤露行』のなかでは、川流れをしていく少女エレーンを書いたりしていますね。漱石は英文学者ですから、文学でいえば『ハムレット』の「オフィーリア」とか、あるいはジョン・ミレイの絵画「オフィーリア」などが、ここでは意識されているだろうと思います。去年、ジョン・ミレイの「オフィーリア」の原画が日本に来ましたね。

ですから、そういう有名な絵画もありまして、今話したようにイギリスのヴィクトリア朝文芸でこういう傾向が頂点に達するわけですね。簡単に言ってしまうと、「美女と死と眠り」というテーマですよね。ロセッティなんかも一八七〇年に「ベアタ・ベアトリクス」という絵を描いたりしていますし、テニソンも同様な傾向の詩「シャロット」を書いています。日本の近代文学では漱石がまず最初に、こういう「水の女」、水の中で死んでいく女を問題にします。

それから皆さんよくご存知のように、現代文学では宮沢賢治が『やまなし』という童話で、水底のなかでの生物の生死を書いています。また太宰治は『魚服記』という小説で、水と一体になる少女を書いていますね。彼自身も最後には水と一緒になった作家でした。

西脇順三郎の場合は、折口信夫の水の女（『文学の発生　序説』一九四七年など）との関わりがあると私は思うんです。彼は非常に折口さんと親交が深く、もちろん折口さんの本を読んでいますから。折口さんの本にはいくつか水の女の表現が出てきます。読んでいても折口さんの水の女はすごいなあと思いますけども、そういうあたりも影響も受けているだろうと思うんです。

それから、私は面白いなあと思ったんですけれども、評論家のガストン・バシュラールという人が、『水と夢』という本のなかでこんなことを言っています。人間が水と一緒になるという問題のことです。「深く夢みるためには、物質とともにでなければならない」と。深くわれわれが夢を見るためには、物質と一緒じゃないといけないんだというんです。まず最初に詩人は物質と一緒になるにはどうしたらいいかというと、鏡からだいたい人間は始めるのだという。鏡からまず一緒になって、それからだんだん深くなっていくと、「泉の水にまで到達しなければならない」（小浜俊郎他訳より）んだということを言っています。

ふりかえって西脇順三郎をみてみますと、詩「コップの原始性」でみたように、まずガラスに興味を持ちました。続いて鏡に興味を持つ。そして想像力が更に深まると、それらは鏡やガラスではなくて水になるわけです。具体的に言うと、彼は鏡による詩人から水の詩人になるんですが、これは「ガラス杯」（『ambarvalia』所収）という詩の一行ですけども、「形象は形象へ移転／壮麗な鏡の春に頬を映す」という表現があります。鏡に頬を映すんですよね。それはまだ鏡と自分が一体化しているわけじゃなくて、鏡に映しているだけです。ところが水とは一体になるんですね。先ほど言った「コップの原始性」のガラスもそうですが、ガラスの表面に物を映すという詩人から、水と一体になる詩人になっていくわけです。

この「形象は形象へ移転」というのは、リルケという詩人の詩の一部をもじった言葉なんです。先ほどから「思考のスタイル」として連想を駆使して詩を書いていくと言いましたが、「形象は形象へ移転」というのは、連想が軸にあってイメージをどんどん変えていくということなんですね。リルケが使った意味とは全然違いますけれども、うまいことリルケの言葉をもじって詩に使っています。原語では「形象」はゲシュタルトという言葉になっていますが、鏡を使った詩から水の詩になるということなんです。

次の詩をご覧ください。西脇順三郎が最終的に言語表現として求めた詩がこれなんです。長い詩なのですが、一番クライマックスのところだけ引用して読んでみます。

はてしなくたゞようこのねむりは　A
はてしなくたゞよう盃のめぐりの
アイアイのさゞ波の貝殻のきらめきの
沖の石のさゞれ石の涙のさゞえの
せゝらぎのあしの葉の思いの睡蓮の
さゝやきのぬれ苔のアユのさゝやきの
ぬれごとのぬめりのヴエニスのラスキン　B
の潮のいそぎんちやくのあわびの
みそぎのひのつらゆきの水茎の
サンクタ・サンクタールムの女のたにしの
よし原の砂の千鳥の巣のすさびの
はすの葉のはずれにたゞよう小舟の
はてしなくさまようすみのえの
ぬれた松の実の浜栗のしゝたりの
このねむりは水のつきるところまで

ただようねむりは限りなくたゞよう
精靈の水の眠りのオフィーリアの水苔の
砂丘のはまなでしこのうばゆうの女の
ねむりは浅瀬にさまよるシバエビの

このように、川が海と合流していく浅い水のなかを流れていって、今にも死にそうな瀕死の状態の女性を書いています。やがて、この女性が水と一体化していくんです。その後の部分を読みます。

C

ねむりは野薔薇にふれてほゝえみを
もらしまたねむりは深く沈む
いるかが鳴く
ねむりは永遠にさまようサフサフ
永遠にふれてまたさまよう
くいながよぶ

葦
しきかなくわ
すゝきのほにほれる
のはらのとけてすねをひつかいたつけ
クルへのモテルになつたつけ
すきなやつくしをつんたわ
しほひかりにも……
あす　あす　ちやふちやふ
あす
あ
セササランセサランセサラン
永遠はたゞよう

長い詩はこういうふうに終わります。

（詩集『失われた時』一九六〇年）

読んだだけではわかりませんが、この詩で最初に川を流れていくのは男性だったのですが、だんだん女性になっていくんですね。そして眠っていきます。水のなかで眠っていく意識の状態が言語化されています。外部に向いていた意識がだんだん自分に向かい、内部に集中していって、本当の眠りが始まる。深い眠りの状態は混沌とした意識の形態をとろうとして、それをここでは永遠の水としてイメージ化しようとしているんですね。眠りの状態には現実的な意識はありませんから、いろんな物事が錯綜し、混濁して入ってくるんです。

今読んだC以降のあたりは、詩の言葉が音に解体されていく現象だと解せます。そうすることによって、女性が水のなかで死んでいく、そして永遠と一体化していくという、そういう眠りを書いている。それはさっき紹介したバシュラールの言う、深く夢見る状態であり、水に人間が到達していく経験ということになるんでしょうね。

引用したこの詩の部分は、ジェイムズ・ジョイスという作家が書いた『フィネガンズ・ウェイク』という小説をよく研究し、それを背景に使って書いているんです。『フィネガンズ・ウェイク』は、一九二三年から一九三八年に書かれた本で、一六年も費やして書いたものです。とても難しくて、日本語で翻訳ができないとお手上げだったんですけども、現在では柳瀬尚紀さんが中心になって一九九一年から一九九三年にかけて訳し、今では完訳本として出ています。

読んでも何が書いてあるのかほとんどよくわからないという、それぐらいいろいろなことがつまっているのですが、西脇順三郎は早くから『フィネガンズ・ウェイク』に注目をしていました。彼は訳せることは訳せるのですが、訳さなかったんです。詩のなかに取り入れるということだけをやっております。

私は一九七九年に詩集『失われた時』論を発表しました。柳瀬さんのこの本の部分訳が出たのが一九七一年なので八年後ですけれど、ずっと早くから西脇順三郎は原書を深く研究していたわけです。

『フィネガンズ・ウェイク』の「ウェイク」は目覚めるという意味ですよね。あともう一つ、お通夜という意味もあります。ですから生と死が一緒になっているんです。それから「フィネガン」というのは人の名前なんですが、フランス映画などで最後にFin.と出るように、終わりという意味も込められています。また「フィネガン」にはアゲインの意味が含まれていて、再びという意味もある。つまりここにも生と死が含まれています。ですから、非常にもじっているでしょう、フィネガンズ・ウェイクって。始めと終わり、そして生と死が混じっている言葉を使っていて、まさに西脇さんの詩もそういうことをにじませながら書いているわけです。

基本的には、引用の部分は『フィネガンズ・ウェイク』第一部第八章のところをまずふまえています。この本のなかでは二人の女性が川で洗濯をしながらお話をしているんですが、やがて夕暮れになると楡と石に変わっていきます。そういう変な話なんですね。ところが朝がくると、また二人の女は洗濯し、夕方になるとまた楡と石になる。そうやって循環するスタイルで書かれています。

意識的に意識の流れを書くという方法によって、そういうことを書いているんですが、全体としては西脇順三郎が書いている詩もそうですが、海と川とが合流する浅瀬の辺りが舞台になっています。ですから少し塩気がするんですね。そして深い眠りに落ち込むとともに、語り手の内では本質的な眠りである女の眠りになっていく。男性だったのに、意識が女性になっていくんですね。そして一番なりたかったのはクールベの眠るブロンドの女というわけです。今読んだところに「クルへのモテルになつたつけ」とありましたが、クールベには「眠るブロンドの女」という絵があります。絵を見ると非常に肉感的で、水と溶けていくような女性には見えませんけれども、結局なりたかったのはそういうクールベのブロンドの女のイメージということなんですね。

上手なことに、眠くなっていくと意識する言葉からだんだん濁点がとれてなくなっていくでしょう。「くいながよぶ」だったのが、「しきかなくわ」となり、「あす」というのは葦なんですが、「あし」と強く息を出して言えないから「あす」となったりね。まあそういうふうに眠りの状態にある言葉を書いているんです。

それから大江健三郎のアナベル・リイのところでも述べましたが、この『フィネガンズ・ウェイク』にも非常にセクシュアルな場面が多いんです。簡単に言いますと、イアリッカーという登場人物が、公園で性犯罪を犯すんです。ですから性的な連想や暗喩がたくさん出てきますが、そういうものもうまく西脇順三郎の詩では隠しておりますね。ちょっとそういうところもあるんです。

もう一つは、川と海とが混じるところですから海水が入ってくるんですね。全体はジェイムズ・ジョイスの小説を使っているんですけれど、もう一つ重ねているものがあります。それはラスキンという人が書いた『ヴェニスの石』という本です。ヴェニスはラグーンで有名ですよね。だからさっき読んだ部分にヴェニスが出てきてラスキンも出てくるんですが、それらの言葉の重ね方は後でお話しします。最終部分の「セササランセサランセサラン」という言葉は、これも『フィネガンズ・ウェイク』第一部第八章の最終部分にある「hitherandthithering」という原文の造語からとってきています。そういう言葉をうまく自分の詩にとりこんでいます。ジョイスの小説では、朝が来たら女性が洗濯をし、夕方になれば楡と石になってと毎日を繰り返すんですが、西脇順三郎の詩の場合は溺れて仮死状態になって永遠に漂っているわけですから、回帰はしません。ずっと漂いっぱなしで戻らないので、そういう円環構造をとらないということになります。

それから詩を読んでいただくとわかりますが、ちょっとくどいのですが、言葉がずっと「の」でつながっていますよね。もともと日本の古い詩歌の伝統では、あまり「の」で詩をつなぐのはよくないということを言っております（「連理秘抄」など）が、ここでは大胆に使っている。

一番注目すべきは、「の」の直前はほとんどがイ音なんです。ちょっと見てみますと、「盃（き）」の、「めぐり」の、「アイアイ」の、「さゞ波（み）」の、「貝殻（貝・かい）」の、「きらめき」の、「沖（い）」の、「石（い）」の、「さゞれ石」のというようにです。これらのイ音が何を意味しているかというと、海水がひりひりする感じを出しているんです。だからテクニカルに身体感覚も出しているんですね。この詩は読んだだけでは何を表現しようとしているのかよくわかりませんが、死んでいく女性の身になって解説してみるとこういうことになるんじゃないでしょうか。

次に「アイアイ」というのが出てきますが、これは島ということです。これは『フィネガンズ・ウェイク』に出てきますが、アイランドのアイです。そうすると、島や波や貝殻がキラキラしていて、和歌に出てくる二条院の讃岐の恋の歌が思い出されるわ。それは海の歌だけれども、淡水の愛の歌だってあるわよ。モネの睡蓮が浮かんでくるし、淡水の愛はどんなのがあったかなというようなことを表わしているんですね。そして、自分は今海水で濡れていて、濡れごとっていうことがあるわね。濡れごとならこの潮の情景はラスキンのヴェニスの石に出てくるラグーンに似ているわと続きます。ここでヴェニスのラスキンというのは濡れごとですから、ペニスのラスキンなんですね、そういう卑猥なことを意識しています。それから、淡水ではみそぎをしたわねと、セクシュアルなことからまた清らかなみそぎのことになって、紀貫之の日記に女性のあわびを見てしまったというのがあったわね、でもみそぎだから神聖なことを考えないといけないわね。至聖所（サンクタ・サンクタールム）で、水運びの儀式をするなんていうシリアの話（女とは女神アシュタルテ）もあったわねなどと意識します。そして貫之のすみのえの辺りを意識のなかで流れていって、オフィーリアの浅瀬の眠りもあったわねなどと続きます。そういうふうにごちゃごちゃごちゃごちゃと、淡水だ、海水だとか、清らかだとか、卑猥なことだとかを意識しながら、流れているのがAからCまでのところですね。そうした内面が言語化されているわけです。

そして最終部分では永遠の眠りと一体化していく。女性に転換するような書き方がしてあるということですね。そして現実意識がずっと軽くなり薄くなっていくわけですから、聴覚も使います。その際には濁音をなくしていくということをやります。言葉を音に解体していくという作業もしているわけです。そもそも現代において言葉を音に解体するということを始めたのはダダイズムです。チューリッヒ・ダダは言葉を音に解体するということをやりましたけれど、ここでは少しダダ的じゃないですか。こういうふうに時間意識が希薄になっていく状況を、言葉の意味によってではなく音で表しているわけです。

結論的には『フィネガンズ・ウェイク』を使い、ラスキンの『ヴェニスの石』の描写も重ねながら、海水と真水が一緒になったところで水に溺れていく女性を表す。詩の語り手は水の流れと意識の流れとを重ねる手法で水のなかで眠って、結局は死んでいくんでしょうけども、こういう女性の内面を表現しているのです。水と一体化することによって永遠に近づくということです。永遠と一体化するということを言語化しようとしたわけです。最終部分だけを採り上げてしまって、あまり上手に話ができませんけれども、こういうスタイルが西脇順三郎の水の女ということの表現だったと考えます。最初にお伝えした大江健三郎が描写した小説のなかの父親の水の死とは全然違いますけれど、西脇順三郎は詩人ですから、言語によって水と一体化していく人間の意識を表現したというふうに考えていいでしょう。以後、西脇順三郎はこういう詩は書かなくなりますので、これは水の女の達成された表現だと考えてよいわけです。詩集『失われた時』は水の女を中心に置いて、西脇順三郎が言語表現として最も求めたかった詩だということになります。

三　西脇順三郎の詩における実存的な到達

若い時には絶対的な無を、相対的なものだとか、それに抗うぞと言っていたんですけども、戦争を体験するなかで、敗戦後、絶対的な無に私は屈服し認めますと言って、「哀愁」とか「淋しさ」とかを言い出した西脇順三郎については既にふれました。

では彼は一体自分の存在をどう捉えていたのかという問題なのですが、それはいわゆる「西脇順三郎の詩における実存的な到達」ということで考えると、最初に言いましたように「放浪する乞食」として自分を捉えていたと思います。

「こじき」というのは差別語です。ここでは「こつじき」と仏教用語で読んだほうがいいと思います。私が子どもの頃、敗戦直後は乞食とよばれていた人はたくさんいました。仏教でいう乞食というのは、これは理想的な生き方なんです。

例えば、明日から家も仕事も全部捨てて何も持たず、人様の家(うち)に行って喜捨を願うという生き方はちょっとできません。人様が恵んでくれなかったらその場で自分の命は終わりです。でも仏教ではそれこそが一番理想的な生き方だと言うんです。これはすごい生き方だと思いますが、そういうのが乞食なんですよね。そういう意味で使っている言葉だと思ってください。

それでは、西脇順三郎は実存認識としての「放浪する乞食」をどのように表現したのかということなんですけれども、それは『壌歌』という、いわゆる「撃壌歌」という言葉が出てくる沈徳潜という人が書いた『古詩源』に拠っている詩集に非常によく表現されていると思います。『失われた時』では一番求めたい詩を理屈や説明で表すのではなく、人間の意識によりそった言語表現で果たそうとしたのですが、『壌歌』では、自分の実存的な到達を認識の言葉で書こうとしたんだろうと思います。

『壌歌』は二〇〇四行の五部構成の長編詩集です。七五歳で書くのはすごいなと思いますが、高齢というそういう心境も入った詩集なんですね。その冒頭部分です。

野原をさまよう神々のために
まずたのむ右や
左の椎の木立のダンナへ
椎の実の渋さは脳髄を
つき通すのだが
また「シュユ」の実は
あまりにもあますぎる！

冒頭部分（『壌歌』一九六九年）

二、三行目は明らかに芭蕉の「まず頼む椎の木もあり夏木立」という句をもじっています。「まずたのむ」を使いながら、「右や左のダンナ」と言うわけです。物乞いの言葉に変えている。ここにはすでに乞食の意識が表れています。意識のうちをさまよいながら、思考の流れを記述する。最初に言った思考のスタイルで詩を書いていくという詩作の方法によりながら、放浪観を出すわけですね。さまよっていくというスタイルで詩を書くということと、いわゆる実存認識の放浪観とがつながっています。人間は、宇宙をさまよう存在だという放浪観ですね。地上をさまようというスタイルが放浪する乞食という実存認識に達していくのです。

芭蕉の元禄二年の手紙を見ますと、「乞食の姿で放浪するのが自分の宿願だ」と言っています。非常に仏教的ですよね、そういう意味では。やはり芭蕉も乞食意識があったんだということになりますが、乞食としての放浪者ということを言うわけです。それは要するに権力欲とか名利栄達を求めない、権力欲とは無縁であるという、精神的な乞食のことを言っているということにもなります。ですからもともと西脇順三郎のなかには諦観といって、自分は死ぬ存在だと諦めて生きるんだけど、諦めて生きる際に精神性を獲得しているという面と、永遠を憧憬する面とがあって、有限だからこそ永遠を求めるという心性と、名利栄達はいらないという精神性を獲得した心性とが合わさって、それが放浪する乞食という実存認識に達したのだと思うんですね。

この詩集には、放浪する乞食としての具体的なモデルが登場します。詩を読んでみましょう。

こんなのどかな日には
ズタブクロに小石をひろつて
歩く先生が現われるはずだ
ああ来た来た！
地面をみつめながら
こしをかがめて歩いてくる
電信柱にぶつかつて
「やや失敬」——
石の遺伝の研究者だ
土壌をうつて歌う
哀しみの神秘
地上の最大な逸楽だ
なにしろ植物や鉱物や動物の色香は

その中に億万年の哀れさがある
花の色はうつりにけりなというが
そんなにくやむことはない

（Ⅳ部）

これは西脇順三郎が想像した表現ではなく、実際にいた人物のことで、よく調べてみますと東大農学部の土壌学の初代の先生なんですね。日本で初めて天然記念物を選定した先生でもあります。名前は脇水鉄五郎と言って、『近世鉱物界教科書』（開成館、一九〇二年）、『美濃隕石附、日本隕石略説』（『理学界』別刷、一九一一年）などの著作を出しています。こういう先生を詩に登場させて、具体的に放浪する乞食のイメージを出しています。ズタブクロに小石を拾うなんて、意図的に乞食をイメージさせています。

余談ですが、土壌学といいますと宮澤賢治の専門でもありました。現在の岩手大学のかつての農学部はそのころ東大農学部と張り合っていて、岩手大学農学部は当時、東大農学部の先生よりも立派な先生をたくさん招こうとしたり、研究書も東大にはないものをたくさん買っていたりして、そういう本を宮澤賢治もたくさん読んでいるんですね。そういう宮澤賢治への広がりもあります。

さて、「放浪する乞食」と西脇順三郎自身とのイメージはどうなっているのかというと、詩集の最終部分に書いてあります。

哀愁は永遠のかなたより
流れきてみなぎりあふれ
のぞいてみる底のさびしさ
なんとそこ知れないあわれだろう
行くえも
わからない
ホーローの
旅は
何処からとも
わからない
漂つてくる
菊の香りの

ほう
へ

（V部『壌歌』最終部分）

最後の「ほう／へ」というのは空間性をもたせるために広げてあるんですね。ところがこれを西脇順三郎のお弟子さんが、「ほう／へ」の「へ」を「e」ではなく「he」とも読み、「放屁」に通じるんだということで物議をかもして論争になりました。私は「he」と読むのは間違いだろうと思います。そう読んでしまったら、まず一つには「ほう／へ」（放屁）だとして読んでも、一体その諧謔はどこに有効な対象を持つのかというと、ないんです。それが一点。それから、永遠への憧憬が「hou he」ととってしまうと消えるんですね。ですからこれはだめだろうというわけで、言いましたように、永遠へむかう放浪を表すための行分けであり、空間性を持たせるための行分けであろうと、そういうふうに考えることができます。

では、最後の「菊の香りのほうへ」とは何なのか。この菊の香りにもいろいろな言葉の深みが付与されていまして、「菊の香り」という言葉は、例えばニーチェの『ツァラトゥスラ』という本にも出てきます。それから西脇順三郎が留学時代（一九二二～一九二五年、二八～三一歳）のロンドンで友人だったジョン・コリアの本に出てくる言葉でもあります。この二つを意識して「菊の香りの／ほう／へ」と書いたんでしょうけれど、最終的には引用した詩の部分に書いてあるように、菊の香りというのは永遠の香りと同じですから、臨終の幸福の香りというように、ジョン・コリアやニーチェの著作から言えます。とくにジョン・コリアの本を見ると、自殺する男がいまして、彼が死ぬ前に二度と訪れない秋のにおいを彼にかがせるために、随員が菊を買いにいくという場面があります。たぶんこういう菊の意味なのでしょう。日本でも菊というと死者とかかわる花にもなりますからね。そうするとこの菊というのがどうしても死の意識を含むということになります。詩集冒頭の「右や／左の椎の木立のダンナへ」という表現とは違って、最後の「菊の香りの／ほう／へ」の表現では、死の意識を含む放浪になっているんですね。西脇順三郎は放浪を諦めるのではなくて、放浪を永遠化する自分の死を充分に意識して、放浪者の立場を取り続けるわけです。死ぬんだけれども、死ぬまでは放浪者を続けるのだという気迫に満ちている表現ではありませんか。これが要するに、西脇順三郎が最終的に達した実存認識、まあ実存的な自分自身の捉え方であり、到達点であると思います。今読んだ最後の部分が詩的な表現としてそれを表しているだろうと考えることができます。

以上ですね、「水の女と放浪する乞食」というのは、西脇順三郎の詩を考えるときには一番核心になる表現であること、端的に言えば、言語表現としては「水の女」を求め、実存認識としては「放浪する乞食」という認識を得たということです。それで最初に申し上げましたように、本日の講演のサブタイトルを「水の女と放浪する乞食」としたわけです。別に私はエキセントリックに考えているわけではなくて、それが西脇順三郎を考えるうえで核心的なことがらだと思っているからです。

四　二〇世紀の記憶としての順三郎の詩

二一世紀へ西脇順三郎の詩が生きていくということについて話します。彼は非常にボードレーリアンでして、日本にはたくさんボードレーリアンの詩人がいますけれども、また今日は直接には日本の詩人におけるボードレールの影響は話しませんでしたが、西脇順三郎の作品のなかにもボードレールの詩の影響がたくさん出てきています。非常に巧みに使っておりますね。それはしかしそういうふうにして、ボードレールから受け継いだもの（とくに諧謔）を二一世紀へ活かそうとしていることですし、私もあるいは現代に実際に詩を書いている人たちも、西脇順三郎の詩が二一世紀に生きるということを言っていますから、今日お話しした四つの要素における実存認識あるいは言語表現というものが、彼を二一世紀へつなげていく大きな要素になるだろうと思います。

結論的に言えば、一本の草や木から宇宙の無までを、西脇順三郎の詩は「思考のスタイル」で表現しているということです。これはとてもすごいことだと思います。それから超現実ということに関しては、彼は「思考のスタイル」ということで対応しています。二〇世紀最大の芸術思想としてのシュールレアリスムの話をしましたが、これは詩に無意識や夢を使います。西脇はこれらを人間の現実にすぎないと巨視的にとらえて詩としては表現せず、あくまでも「思考のスタイル」ということでこれに対応した。そういう意味では知的だと思いますね。それと諧謔ということですよね。諧謔は要するに、最初に申し上げましたが、生きている人間が死ななければならないという矛盾が根本にあって生まれるもので、この矛盾から派生する哀愁（悲しみと憂い）や淋しさ（孤独感）といった情感に浸りつつ、常にそれらをはぐらかしていくのが諧謔（イロニー、ユーモア、風刺を含む）なのです。

諧謔といえば、『壌歌』（Ⅱ部）のなかに次のようなフレーズがあります。

諧謔のない思考は苦しみだが
すべての諧謔をすてることも
崇高の最後の諧謔となるべ

諧謔を詩の思考に取り入れているということが非常によくわかると思います。だって、諧謔のない思考は苦しいんだと言っていますからね。しかし諧謔を捨てることが最後の諧謔なんだとおどけて言っていまして、これが究極の諧謔の表現ですね。

こういうふうにして考えると、ポイントとしてはやっぱり思考のスタイルとか諧謔とかいうことが、西脇順三郎の詩を二一世紀につなげていく大きなファクターになっているんではないかなと思います。なかなかうまく話ができなくて大変お聞き苦しかったと思いますけれども、だいたい今日私が話しましたように、西脇順三郎という詩人が、二一世紀へ生きる詩人であるとするならば、説明してきたような四つの要素が非常に大きな意味を持っているのではないかということです。それから彼の詩が果たした表現では「水の女」、水に溺れていく女、永遠と一体化する女が到達点でした。永遠と一体化するということが詩の本質ですからね。ランボーだって言ったでしょう、「やっと見つけたぞ、何を？　海とつながった永遠を」と。永遠とつながるものを発見するのが詩人の使命ですから、そういう意味では西脇順三郎は「水の女」という表現によって、彼なりの詩の究極の表現を果たしたわけです。さらに、実存認識でどういう到達をしたかというと、少し仏教くさいといいますか、モラリスティックかもしれませんけれども、結局、人間は「放浪する乞食」が最高だろうということですね。放浪とか旅人ということでいえば李白の詩

「春夜宴桃李園序」の冒頭に、「月日は百代の過客にして行きかう人もまた旅人なり」とありますが、西脇順三郎の認識は非常に東洋的だと思います。こういうところに、西脇順三郎も最終的には実存認識を置いているのではないでしょうか。仏教的ではありますが、そういう東洋的なところへ届いているということです。

以上のようなお話をさせていただきました。大変長時間にわたりご清聴をいただきましてどうもありがとうございました。

司会　澤先生どうもありがとうございました。

難解と言われる西脇の詩を、西脇の詩構造、スタイルといったものを採り上げることで、また、われわれにもなじみ深い詩論を引用することで、加えて澤先生のスマートな話術と解釈とのおかげで、西脇ビギナーにとっても非常にわかりやすいお話だったのではないかと思っております。

また主催者側にすれば、この秋刊行予定の『西脇順三郎研究資料集』(全3巻)の良い宣伝になったのではないかと思っております。どうもありがとうございました。

テキストを拝見したときは非常に難解だと感じたのですが、先生の話術でわかりやすかったと思います。にも関わらず、せっかくの機会でございますから、最後に講演内容またはそこにこだわりもせず、西脇について、また詩について先生にお伺いしたいということがありましたら、この場でご質問ください。よろしくお願いします。できればお名前と所属も言っていただければありがたいです。

参加者1　関東学院大学修士一年文学研究の伊藤と申します。冒頭の冒頭で申し訳ないんですけれど、大江健三郎が詩が好きということで、彼の「あいまい（アムビギュアス）な日本の私」（同名の岩波新書がある）という、実際に海外の詩人の評価を引用した講演があったと思うんですけど、その講演の際に大江健三郎が若干、川端康成の批判的な表現をしているんですけど、その批判というのが、生死観とか有無観の違いで若干批判的なのですが、澤先生がおっしゃったように西脇順三郎がもしもノーベル賞に匹敵する詩人だったとしたら、日本文学に残る詩人として大江健三郎と川端康成のどちら派だったのか、あえて言うならどちら派の表現法というか思想というかについて、どうお考えかをお願いします。

澤　川端康成と大江健三郎ですね、小説家のほうですね。難しいですね。大江健三郎は、自分は少し日本語を壊した作家だというふうに自分でも言っていますけれど、たしかに言葉が美しいのは川端さんだと思います。それからよく読むと、川端さんの表現には独得の深いところがありますね。だけど私は川端康成の文学は行き詰まってしまう文学だと思います。つまり、そこから開かれていくものがあまりないように感じられてしまって、そう考えると、美しい表現をしているし、日本的な情緒もしっかり書いているけれども、しかしそれを後代に受け継いでいけるかどうか。世界的にひらかれていくのかどうかということを考えると、私は大江健三郎のほうが可能性があるように思います。私の専門ではないのでそこの断定はできないのですが。表現は川端さんはとてもきれいだと思いますよ。いかがでしょうか?

参加者1　死の意識とか、そういうものとしてはいかがですか? 人間を物として見ている感じがあるんですけれど。若干そういう表現が詩のなかに見えるかなという部分があるので、言葉の美しさも大事なんですけれど、各々の感情の部分というか、そのへんについてはお聞きしてもいいでしょうか。

澤　要するに西脇順三郎の場合は、人間の感情とか、思ったことをストレートに言うというのは、生理的な現象だというふうに考えていて、今おっしゃったように、人間を物体として考えるというのは、本当に考えているというのではなくて、方法論として考えていると思うんですよね。そのところが小説家と詩人の違うところで、情緒を扱うところでは詩人はなかなかそれは一貫してはできない。

例えば、川端は晩年に、女性の腕を一本とって暮らすという、セクシュアルな小説、『片腕』だったかな。あれなんかは老人の性を方法論的に書いていています。ですから詩人と小説家とは違うけれども、私としてはやっぱり今言いましたように、死生観とか存在論ということを考えると、川端は行き詰まってしまったんじゃないかなと思います。そういう意味では、大江健三郎のほうがまだまだ、言葉にはちょっとなじめないという人があるかもしれないけれども、小説家の方法としては開けていくものがあるんじゃないかなというふうに思います。

西脇順三郎もそうなんですよ。結局、実存認識なんかではそんなにたいしたことを言っているわけではなくて、ただ詩を方法的に考えているというか、思考の仕方として考えているという点では、充分に現代を生きている詩人じゃないでしょうか。そしてまた、民俗学の話をしましたが、彼の詩が、民俗学や土俗学的なものを持っているということは、それは考え方によっては、普遍性といいますか、われわれ詩を読む側の人間の考え方を地面につなぎとめる役割をしていると思います。限りなく人間の現実から離れようとする現代人を、しかし人間は現実から結局離れられないんだよというように、民俗学的あるいは土俗学的な興味でつないでいく詩人なのです。その両極の表現の間を生きのびていくところが、彼の詩が生きていく原動力になっているのではないかなと思いますね。

小説のほうは、言葉の質が違うのでなんとも言えないんですけれども、そう考えます。

参加者1　ありがとうございました。

司会　よろしいでしょうか。このご質問一つだけでも、もう一度講演会ができそうな気がしますが。ほかにいらっしゃいますか？

参加者2　獨協大学二年生です。私自身が詩についてすごく初心者なので、正直なところ西脇さんのことも知らなかったんですけれども、今日聞いていて、すごくなんか人間てなんなんだろうなっていうのでしょうか、懐疑的になりつつ、でも興味深かったです。

私自身が英語科に所属しているから彼を紹介していただいたというのもあると思うんですけれども、まずすごく不思議に思ったのが、西脇さんもすごく英語が好きな方だったのに、かつ抒情という日本の典型的な詩をひっくり返すようなスタイルを表現したにも関わらず、なぜ仏教のほうで結局求めたんだろうって。もし私だったら、そんなに西洋フェチみたいになっていたら、絶対にキリスト教に偏っていただろうし、それがなんか相対的だなあというか、なぜなんだろうなあと思いました。

澤　そうですね。おっしゃるように、もともと英語の天才みたいな人ですからね。なんで仏教的なほうへいくのかということですが、彼の場合は結局、詩の本質を宇宙の無だとか絶対だというふうに考えてしまうと、ヨーロッパ人は絶対的な無とか永遠性の前で個人の「個」ということを考えて、それらに抗うような気持ちをもって詩を書くんですね。ボードレールだとかマラルメだとかはそのように書くんですが、西脇の場合は、絶対的な無などをヨーロッパ人と同じように考えていながら、最終的には戦争を経験するなかで、自分の内に流れている東洋的なものを発見するということが、昭和二二年の詩集などを見るとあって、自分を発見したと言えばそれまでなんですが、根本的には欲望の問題とか、名利栄達とか、そういうふうなことを戦後は否定するほうへいくわけです。宇宙の無とか絶対なんていうことをふまえて、いわゆる欲望の問題に批判の目を向けるということは、東洋的なものをもともと持っていた詩人だということが言えるだろうと思うんですよね。

そもそも私も不思議に思ったのは、さっき「没食子が戯れる」という表現について説明しましたが、最初からほとんどキリスト教の精神性を問題にしない。そういう外国文学者って珍しいと思うんですよ。そこのところは最初からむしろ土俗性のほうに興味をもっていて、もちろん精神性には興味をもつんだけれど、キリスト教のようなものには惹かれないというところは、生い立ちの問題だとかいろいろあると思うんですが。

彼の初期の英文のなかには、阿弥陀仏を英語で表現したようなエッセイがあって、詩人になる前から東洋的なものへの興味、関心が深かった。私が実際に西脇順三郎本人に聞いたところによると、幼少の時にお経を覚えさせられたなんていうこともお話ししていましたから、やっぱりそういうところもいくらかあると思いますね。だからなかなかヨーロッパ的な、とくにキリスト教の世界観にはなじめなかったんだと思いますね。

キリスト教の精神性にあまり惹かれていない西洋文学者というのは、やはり不思議なところだと思います。まあ答えになっていないかもしれませんけども、永遠とか無というものに対して、私たちがどう対峙するかという問題がそもそも根本にはあると思うんです。

西脇さんの場合は、最初は対峙していた。しかし戦争を経験するなかで、いっさいのものが壊れて無になっていくじゃないかと。それは自分もそうなんだということが非常に強くなってきて、もう屈服しちゃうんですね。そこから始まったんだと思うんです、東洋的な問題がね。ですから私もそうなんだけど、永遠とか絶対的なものに対して自分はどう対峙するのかということは非常に難しい問題だと思いますね。それが彼の場合は戦争ということを体験するなかで、対峙する姿勢が一気にひっくり返ってしまった。

これはあまり誰も言っていないですよね、西脇順三郎論のなかで。なんで西脇さんがひっくり返ったんだろうと、伝統的なものに戻ったんだろうということの秘密はね。私は、絶対的な無とか永遠というものを追求する詩の本質、そういうことが彼の場合は出来ていたのに戦争体験でひっくり返る。だから戦争体験がひきがねになって、東洋的なものを引き出してしまったと言ってもいいと思いますね。ずっともし戦争がなかったらどうなんでしょうね。徐々にはそういう方向になっても急にはならなかったでしょうね。ちょっとお答えにならなかったかもしれません。

司会　若い方からご質問をいただきましたけれども、ほかにありませんでしょうか。いろいろな視点からの質問をありがとうございます。

参加者3　関東学院大学教授の矢嶋と申します。質問というよりも感想を申し上げたいと思います。そのうちに小さな質問が二つございます。

まず最初に先生は、詩は宇宙の永遠性が問題になるということをお話しされましたが、これを聞いてすぐに宮沢賢治を想起いたしました。幸い先生から岩大農学部だという話をしていただきまして、大変嬉しく拝聴しました。私は二宮尊徳を多少研究しておりますけども、その後継者の一人が宮沢賢治ではないかなとも考えています。私は家内のふるさと岩手では夏の間友人の畑に行って農業体験しています。

それから二点目は、ユーモアの話です。これは喜びにつながり、安らぎにもつながって、私自身も社会も大学も大学生も病んでいることが多いんですが、非常にこれは励ましていただきました。

三点目なんですが、先生は物事を断定されないということが非常に素晴らしいです。つまり可能性を残されるんですね。ですから私は先生のお話を伺って、学生さんにもですね、ぜひ学んでほしい。そういうやさしさと言いましょうか。私なんかも話が脱線したりするんですけども、反省するとともに、先生の紹介がされている冊子ですね。今日配布されましたコピーにあります。ぜひN先生がハンセン病などの問題に深く共感されているということも大変よくわかりました。

HKの講座などにも登場していただきたいものです。

四点目は、哀愁、孤独、哀れというものはたしか、犬には無いとおっしゃいましたがそれは犬にもあります。愛犬家であった一人として謹んで申し上げます。これは感想です。

五点目、手の描写を先生がお話されました。私の恩師は文化史学の加茂儀一先生でして、ダヴィンチ論を遺稿として亡くなりました。のちに小学館から刊行されました。恩師はモナリザの手のことを盛んに言っていました。それを今思い出しました。

六点目は、小さな質問です。全てヨーロッパ文学だと書かれていて、これはなぜなんだろうと。私は江戸で素人なので、率直な疑問としてもし教えていただけたらと思いました。

それから七点目です。これも、小さな質問なのですが、西脇順三郎の若年から壮年を経て晩年に至るまでで、変わった部分と普遍的な部分というのは必ずあると思うのですが、お話のなかでは部分的に学ばせていただきましたけれども、その点は思想を勉強する者として私も非常に興味があり、もう少し教えていただけたらと思います。

澤　先生、ヨーロッパ文学のところをちょっともう一回お願いします。

参加者3　これはレジメのなかで、全てヨーロッパ文学からの引用がされているということについてです。

澤　ああ、引用ですね。西脇順三郎の詩を考えたときに、詩だけを相手にするとよくわからない部分があって、基本的にはプラトンからアリストテレスを経てランボーまで、詩というのは宇宙や永遠を問題にしているジャンルですので、西脇もそういうものがわからないと、「没食子が戯れる」なんて詩を読んでも、言葉の意味の無なんだなあと思ってもですね、一体なんでその無を表現するのだろうということになる。するとやっぱりそれは無を表現するのは詩の本質を求めるからだろうと。

それからヨーロッパ人が考えている無や永遠ということと、西脇順三郎が当時考えていた無や有とはどう違うのかということを考えたときに、それは詩や詩論には出てこないんですね。ヨーロッパ文学という、いわゆる自分の専門のところのエッセイを読むと、けっこう永遠や無や絶対ということについて書いてあるので、むしろヨーロッパ文学を読んだほうが、彼の詩の本質である無や絶対ということについてよくわかるんじゃないかと思って書いたわけです。

ちなみに、金子光晴という西脇と同世代の詩人がいるんですが、彼はやはり両方を生きているんですね。ヨーロッパと日本。むしろ日本にいたくなくてヨーロッパに行っちゃった人です。行って彼もやっぱり永遠や無ということの東洋対西洋について体験する詩人なんですよ。ですからこの二人はですね、どちらもそういうヨーロッパ体験をしている。われわれがヨーロッパへ行ったらそういう体験ができるかどうかわかりませんけれども、観光ぐらいで行くのはだめでしょうけどね。この永遠とか無ということに対して、毎日東洋で生きているわれわれがヨーロッパに行ってそういう体験の場がもしあればですね、何か私は非常に一番大きな人間の問題、先ほど獨協大学の方が説明されたように、われわれがそれにどう対峙するんだという問題をある時突きつけられると、いい体験になるんじゃないかと思うんですが。そういう意味でヨーロッパ文学を引用したということなんです。

そして最後におっしゃった、変わった部分と変わらない部分ですけども、やっぱり変わらない部分は永遠や無を求めているということで、色合いは違いますけども戦前戦中はそれをテクニカルに表現しようとした。戦後になると実存的にそれらを表現しようとしたということになるでしょうね。それからもう一つは、変わらないのは思考スタイルという方法です。スタイルはちょっと変わってきますけれども、全然変わらないと思いますね。それからもう一つ、民俗的というか、土俗的というか、そういうものに対する感性はやっぱり変わっていないですね。それはどういう思想をもつにしても、右翼思想だろうが左翼思想だろうが人間やっぱり年をとると、私もそうなんですが、そういうものに対しては哀愁というか懐かしさを感じますね。何ででしょう、そこはよくわかりませんけれど、そういうものってあるんじゃないですかね。民俗的なものというか。この間も古代人のしきたりなんかを読んでいたら、いくらかはわれわれのなかに残っているものもあるんですね。ですからそうやって考えると、人間のもっている普遍性のようなことは考えさせられますね。これもちょっと答えにならないかもしれませんが。

参加者3　大変勉強になりました。西脇順三郎の年譜がほしかったですね、小さな年譜をいただけると……。

澤　そうですね。失礼しました。

参加者3　ありがとうございます。

司会　時間がおしてきていますが、ほかにありますでしょうか。

参加者4　「西脇順三郎を偲ぶ会」の者です。三つ質問があります。

一つは諧謔という言葉がいつもキーワードに出てくるんですが、もう一つ、諧謔とともに倒錯という言葉がひっくり返って現れます。先ほどの「戦後における西脇順三郎の詩的到達」のところでも、淡水、海水、淡水、海水、性的なもの／静的なもの／エロスを感じるもの、静的なもの／性的なものというふうに倒錯していきますよね。その倒錯と諧謔ということについて、先生はどういうふうにお考えになられているのかをお伺いしたいです。

もう一つは戦争体験ですね。もちろん戦争体験は東京でもしていますが、昭和一九年一二月に小千谷へ疎開していますよね。そこで家族はそれから三～四年間小千谷に滞在し、順三郎は一年で東京へ帰ってくるわけですけれども、小千谷での再体験ですよね。もちろん一八歳まで小千谷にいたわけですから。そのあたりの民俗学的な発想と小千谷との関連について先生がどうお考えかをお聞きしたいのと。

それからこれは非常に自分勝手なお願いで恐縮なんですが、今私は愛知淑徳大学というところで現代詩のゼミを持っています。一六人ゼミ生がいるんですが、その中に西脇ファンが一人だけいるんですね。私がやっているのに一人だけとはどういうことかと思うんですが（笑）。

彼女いわく『ambarvalia』の世界を自分でも書いてみたいと。なぜそんなことを言うかというと、昨年プレゼミのときに澤先生の『西脇順三郎のモダニズム』の本を貸してほしいと言って、貸したところ二ヶ月ほどで全部読んできてですね、私もああいう詩を書きたいと言いました。文化創造学部なので、詩を書くゼミなんですね。ところが『旅人かへらず』になると、急に「ああいう詩は私のなかではピンとこない。『ambarvalia』が一番強烈だ」と。もっと後になると『壌歌』など全然ピンとこないと言うんですが、そういう学生にも、『壌歌』とか『人類』などのあたりを読ませるというきっかけが、もし先生のご経験のなかで何かあれば教えていただきたいと思いまして、よろしくお願いします。

澤　諧謔と倒錯の問題ですけれども、西脇順三郎の諧謔というのはものすごく概念が大きくて、風刺もあれば皮肉もあり、いわゆる諧謔もありなんです。先ほど言ったリップスの三段階なんて全然問題じゃなくて、非常に大きな意味で、根本的に生きている人間が死ななければならないという矛盾のところを根本に据えて、そこから出てくる淋しさや哀愁を諧謔にしていくというのが一番根本だろうと思うんですね。

そのときに、死んでいく水の女のところの倒錯なんですが、そもそも西脇さんというのは、本心は女性的だと私は思うんですね。変な意味ですけれど、とても繊細でナイーブという意味で。

だから詩のなかで平気で自分を女性に変容させていく。だからそれはテクニカルにやっているんじゃないのです。例えば、有島武郎が書いた『或る女』を読んで、女性よりも女性がよくわかっているんじゃないかと野間宏は書いていますが、そういうのに似ていて。西脇さんという詩人はある意味では非常に女性的というか、女性をよくわかるような感性を持っていらっしゃる方だと思うんですね。先生は今倒錯ということをおっしゃったんですが、確かに表現は倒錯なんですが、西脇さんの意識のなかでは方法論的にも、それから自分についての本質的な認識のなかでも、それは自由にというか、本当にリバーシブルにできる人なんじゃないかなと思いますね。例えば「すきなやつくしをつんだわ」とか「しほひかりにも……」というあたりが恥ずかしげもなくできるというのか、そういう繊細な人だったんじゃないかなと思うので。そのへんの諧謔は倒錯と渾然一体となっているように思うんですけれども。それはちょっと詩の言葉からの解釈ではないのですけれども、そんな感じがします。

それから戦争体験に関わる民俗学的な発想と小千谷との関連性についてですが、今日話したなかにあるように、幼少時の自分の体験ごと戦争によって壊されると痛切に感じたとき、幼少時や成長期にあった自分を証明してくれるもの、つまり、小千谷の民俗学的な行事や風習が無に帰すという切実な危機感がそれらを再発見させたということがあったのではないでしょうか。

最後の御質問ですが、『旅人かへらず』や『壌歌』や『人類』といった、人生の深み、自分の在り方などを考えさせる詩集は、現代の若い学生さんにはなかなか興味、関心がわかないと思います。私の詩の講義の経験からいえば、どうして淋しいと言うのだろう、植物と人間の生命はどうして同じレベルでとらえられるのだろう、乞食としての生き方って何だろうなどと、謎を解かせるようにしてこれらの詩集を読んでいくのも一つの方法だと考えます。

司会　さて本日は、澤正宏先生に、難解だと言われている西脇詩の意味するところを、様々な例証をふまえてご講演していただきました。先生の日頃のご講義、講演を彷彿とさせる熱気をひしひしと感じたのは司会者のみではなかったことと思います。これを機に、今秋発刊予定の『西脇順三郎研究資料集』（編集注・二〇一一年一一月刊行）にも興味をよせていただければ幸いです。澤先生に今一度盛大な拍手をお願いいいたします。澤先生ありがとうございました。

このリブレは、小社主催第2回文化講演会「詩人西脇順三郎を語る」（二〇一〇年五月八日）をもとに再構成した。肩書きは当時のものである。

第2部

現代詩の誕生

——西脇順三郎の場合

現代詩の誕生
――西脇順三郎の場合

澤　正宏

一　現代詩が誕生した時期

二〇世紀に入って、欧米の芸術（美術、音楽など）や文学には、それまでの表現を変革し否定する運動が起きた。早い現れとしては表現主義（起点は一九〇五年）、キュビスム（立体主義、同一九〇七年）、未来主義（同一九〇九年）、イマジズム（同一九一三年）などがあったが、やがて、その運動がより前衛的、実験的になっていったダダイズム（同一九一六年）や、さらに、社会変革など政治性をも志向したシュールレアリスム（超現実主義、同一九二四年）などが出現することになる。とくに、ダダイズムやシュールレアリスムなどが現れ、それらの運動が発展、展開していく動因には、第一次世界大戦（一九一四～一八年）や第二次世界大戦（一九三九～四五年）が深く関わっていた。

こうした表現主義からシュールレアリスムまでの運動が日本で受容され、変容したかたちではあれ、文学（とくに詩）の表現に現れていくのは一九二〇年前後からである。この時期はちょうど第一次世界大戦終結直後に当たっており、「大戦後の慢性不況の過程において」「財閥が日本経済全般にわたってその独占的支配を確立していく」時期であった。こうして、一九二四年には「世界の資本主義はいわゆる相対的安定期にはいる」のだが、同時に「日本資本主義は高度の独占段階にあ」[1]るということにもなり、世界経済のなかにおいてその組織が脆弱で、緊密ではないにしても日本の資本主義が高度の独占段階にあったということは、一九二〇年代前半には、日本の社会は経済的に「近代」から「現代」への転換期を確実に迎えていたことになる。

勿論、こうした日本の「現代」（モダン）社会が出現する前の時期にも、社会や表現を変革しようとする思想や運動は西欧より受容されており、それらは一九二〇年代にも持続していた。その主なものにアナキズム（無政府主義）やマルクス主義などを認めることができる。前者の出発点は、「余は方に日本唯一の無政府主義者なるべし」と言い、「最上の理想」を「個人的無政府主義」[2]においた久津見蕨村が、労作の『無政府主義』を刊行した一九〇六年（明治三九年）頃に、また、後者の出発点は、初期の社会主義の思想や文学、またそれらの運動が起こった一八九〇年代末から一九〇〇年（明治三三年）代初め頃に、それぞれ置くことができるだろう[3]。

こうしてみると、経済の視点からみたとき、日本の歴史、社会に「現代」が出現し、それが刻印されたのは一九二〇年代初めであり、そこには社会や芸術、文学の表現を欧米より受容した運動を伴う新しい表現によって変革しようとする動きがあったことが分かる。とくにこの時期に、独占的支配をますます強化していく資本主義に対して社会変革を目指した中期の社会主義文学は、プロレタリア（労働者）文学と呼ばれるようになる。[4]「現代」が始まった一九二〇年代初めの日本には、シュールレアリスムの受容はまだであったが、表現主義からダダイズムまでの変革を目指す表現や表現運動、また、社会変革を目指すアナキズムの思想や文学とそれらの運動、さらに、プロレタリアとして人間を解放するという次元に達した、マルクス主義の思想や文学とそれらの運動などがあった。巨視的にみれば、これらはすべて、この時期に現れた現代主義（広義のモダニズム）の芸術、思想、文学といってよいだろう。日本における本格的な現代詩の誕生もこの時期にあったのである。

二　西脇順三郎の現代詩観

欧米の文学を古典から現代まで学び、直接、間接に現代西欧のモダニズム文学の表現や運動を体験した西脇順三郎が、一九二五年（大正一四年）にイギリス留学から帰国したことは日本の現代詩にとっては重要な出来事であった。逆にこの帰国は、英語やフランス語で詩が書けても、日本語で詩が書けなかった西脇順三郎にとっても大きな出来事であった。既述したような、一九二〇年代初めの、ないしは初めまでの日本の社会における思想や文学の動向（とくに詩）について殆ど知らなかった西脇順三郎が、自分の詩観を日本語の「現代詩」として表現していくとき、彼が選び取ったのは、存在や現象（人間に生じる内的現象も含む）としての「自然」、生活や社会にみられる「現実」（存在や事象）などの概念に組み込まれてくる一切のものごとを、直接には表現の対象や中心に置かないという詩論であり詩であった。だから、たとえそれらが表現の対象や中心に置かれることがあったとしても、詩は基本的には「自然」や「現実」と等価に換言されることを拒む言葉で表現されていることになる。表現者とともにある同時代の社会現実も、表現者自身の内面の動きも、詩ではないものごとと認識され、それらは詩の中核を成す表現にはならないのである。

つまり、西脇順三郎が選んだ詩観や詩は、ブラックが「クラブのAのあるコンポジション」（一九一三年）でキュビスムの絵画を「対象の解体」の実現（分析的キュビスム）にまで転換させたように、これまでは表現の対象であった「自然」や「現実」を詩の表現のための要素、素材に転換させたのである。作品として書かれる「詩」という観点からいえば、積極的な意味では、詩の言葉は「自然」や「現実」の次元を超えるために、ないしは、それらとは違う異空間を想像するために機能すること、あるいは、消極的な意味ではそれは、「自然」や「現実」に逃れようもなく囲繞されている人間の意識に働きかけ、それらから感性的な解放を果たせる仕掛けをもっていること、というように認識されたのである（これが西脇順三郎の現代主義であり、それは狭義のモダニズムでもあった）。

こういう詩や詩観が発展していけば、分析的キュビスムが抽象絵画（主義）に展開（一九一三年にアポリネールが予見）していったように、詩は抽象度を増していくことになる。しかし、詩の言葉が「自然」や「現実」の表現を拒んだとき、表現は何でも自由になり、言葉はあらゆる規範を超え、表現の変革がなされていればよいという建前のもとに、時には偶然や無意識に頼ったりもして、言葉の意味や意義がナンセンスに晒されるという事態を招来させる危険性も生じてくる。西脇順三郎が詩の言葉の消極的な意味を認識しているのは、詩はあくまでも理知の産物であり、詩は二義的には人間の「自然」や「現実」とつながっているものであることを重視するからであった。だから、西脇順三郎の詩には言語実験という特色はなく、詩は既述したような、積極的な意味や消極的な意味で、認識された言葉として書かれることになる。

三　島崎藤村の近代詩の宣言／西脇順三郎の現代詩の宣言

雑誌などへの詩の発表年代には反映していないが、西脇順三郎が最初に問題にしていたのは浪漫的な表現（ないしは、詩に対する浪漫的な姿勢）、とりわけ抒情表現であった。彼が「その当時（筆者注・一九〇〇年代後半）の田舎の文学青年は藤村を語つていた。（中略）私はそういう文学青年と遊んでいたが、その感性には同調したことがなかつた」[5]と述懐するように、浪漫主義に支えられた抒情詩によって近代詩を確立してきた島崎藤村は、「田舎の文学青年」[6]の、藤村の抒情に酔いしれる「感性」を通して拒まれている。事実、西脇順三郎が日本語で初めて書いた詩集『ambarvalia』（椎の木社、一九三三年九月）の冒頭には、総題「ギリシア的抒情詩」群（全一一詩篇）が置かれ、この詩群の前には、さらにこの詩群を置いた意図を表す詩「コリコスの歌」が配置されているのだが、この詩こそが藤村と対立し、その抒情詩を乗り超えると宣言している詩なのである。

浮き上がれ、ミユウズよ。
汝は最近あまり深くポエジイの中にもぐつてゐる。
汝の吹く音楽はアビドス人には聞えない。

汝の喉のカーヴはアビドス人の心臓になるやうに。（「コリコスの歌」全）[7]

藤村は詩集『若菜集』（春陽堂、一八九七年八月）所収の「おくめ」を、アジアの側から古代ギリシアに流れ込んできた、一般に「ヒアロウとレアンダ」と呼ばれる愛の悲劇の古伝を踏まえて、生命を賭けた激しい恋愛の抒情詩にしている。古伝では、小アジアのアビドスに住む青年レアンダは、夜毎に海峡を泳ぎわたって、ギリシア側に住む恋人のヒアロウ（女神に仕える巫女）と会っていたのだが、或る夜、レアンダは暴風雨のため溺死し、ヒアロウは彼の後を追って自殺をする。藤村は「おくめ」で古伝の男性（レアンダ）と女性（ヒアロウ）とを入れ替えて、女性（おくめ）が家出をし、川を渡る行動と告白とで男性に命懸けの恋愛をする詩にしている。藤村にとっては男女の恋愛においてもまだ充分に解放されていない明治の女性に、情熱的な恋愛感情を語らせることが大切であった。「おくめ」はそういう抒情詩であった。藤村が高らかに、「遂に、新しき詩歌の時は来りぬ」（『合本藤村全集』の「序」、春陽堂、一九〇四年九月）と「近代詩」の出発の宣言ができたのは、こうした浪漫的な抒情詩への確信があったからである。

ところが西脇順三郎にとっては、男女を入れ替えたにせよ、「ヒアロウとレアンダ」のような古代アビドスの古伝は、もはや詩にならない内容であった。だから彼は「浮き上がれ、ミユウズよ」と、現代詩の女神（コーラスを歌う、ないし楽器を吹奏する詩神に喩える）を日本の詩のステージに召喚するのである。「音楽」で比喩された現代詩が「アビドス人には聞えない」とは、『『アビドス人』というのは日本人のことを言つている」[8]という発言を考慮すれば、現代詩は日本人には伝わっていないということであった。つまり、西脇順三郎は古い文化（詩観）のなかにいる（と彼自身が捉えた）日本人を「アビドス人」と呼び、そう呼ぶことで、アビドスの古伝などを使って「近代詩」を出発させた藤村を婉曲に、あるいは間接的に批判（これが既述した「意図」）しているのである。詩「コリコスの歌」が藤村批判を通して近代の抒情詩を批判していることからすれば、一九三〇年代の発表ということで、詩史としては随分遅くなるが、この詩はまた、そうした批判を通しての現代詩を宣言する詩でもあった。

四　近代の抒情詩を乗り超えるイマジズム

現代詩は近代の抒情詩をどう超えるのかの一つの回答は、詩「コリコスの歌」の最終行に示されている。楽器を吹き、コーラスを歌う際の「喉のカーヴ」が日本人の「心臓になる」とは、現代詩の表現（喉）はスタイル（カーブ）として可視的（喉の曲線、心臓）に表されるということである。一つの回答とは、既に述べておいたイマジズムだったのである。

南風は柔い女神をもたらした。
青銅をぬらした、噴水をぬらした、
ツバメの羽と黄金の毛をぬらした、
潮をぬらし、砂をぬらし、魚をぬらした。
静かに寺院と風呂場と劇場をぬらした、
この静かな柔い女神の行列が
私の舌をぬらした。

（「雨」全）(9)

雨が濡らす可視的な具体物を一つ一つ取りだして、それを濡らすという詩のスタイルはイマジズムの表現に属すものである。初めから濡れている「噴水」「潮」「魚」などを濡らすという表現はイマジズム独特のものであり、対象を明示しその対象に同じ自然の動きが及ぶという統一的なスタイルが繰り返されるため、自然の表現としては奇異であるが、言葉の（絵画的な）表現として、他の自然な表現と等質化されている。また、雨の一粒一粒を「柔い女神」と比喩し、降雨を「柔い女神の行列」と表すのもイマジズムの表現である。

こうした表現の最後に、南欧らしき土地での旅情が記されるのだが、周囲の景色や事物と一緒に、旅人自らも柔らかく暖かい南欧の雨に濡れる情感を、抒情としてではなく、旅情を味わうような身体（舌）感覚で表している点もイマジズムの表現である。しかも、旅情は雨が女神の比喩を取ることで、古代と現代との両方の南欧世界との触れ合いをも可能にしている。こうして西脇順三郎は、近代の抒情詩を、一つのケースとしてではあるが、イマジズムで乗り超えているのである。

五　孤独、絶望を超える思考のスタイルと諧謔

西脇順三郎が萩原朔太郎の詩と出遭ったことも、彼の現代詩が日本語として誕生することに大きな影響を与えている。[10]この影響については、彼のエッセイ「ＭＡＩＳＴＥＲ萩原と僕」（『椎の木』椎の木社、一九三六年二月）で明らかにされており、そこには朔太郎の詩集『月に吠える』（感情詩社、一九一七年二月）を読んだことが記されている。ここで考えておきたいのは、朔太郎の憂鬱、孤独、絶望といった表現を西脇順三郎が現代詩としてどのように超えたのかということである。

同じエッセイのなかに、「長らく詩的精神というものは絶望の哲学であつた。ところが現在の僕は『精神』というものを失くしている。（中略）／人生哲学としては萩原さんからも、ドスト

エフスキイからも現在の僕は救われない」という記述がある。このように、西脇順三郎が人生哲学としての「絶望」と「精神」的に向き合う姿勢を「失くして」おり、人生哲学では「救われない」と絶望からの救いを諦観していることには注目する必要がある。西脇順三郎が朔太郎から人生における「絶望」を詩の問題として引き継ぎながら、「絶望」と対峙する姿勢を「失くし」たとき、彼はどのようにして現代詩を可能にしたのだろうか。

未だ暗黒である
足の指がおれのトランクにぶつかる
空気の寒冷が樹木をたゝく
七面鳥が太陽の到来を報告する
家禽家が毛絲のシヤツを着て薪を割る
極めて倹約である
舊式なオロラがバラの指を擴げる
貧弱な窓を開けば
おれの廊下の如く細い一個の庭が見える

養鶏場からたれるシアボンの水が
おれの想像したサボテンの花を暗殺する
そこに噴水もなし
ミソサザイも辯護士も葉巻(シガー)もなし
ルカデラロビアの若き唱歌隊のウキボリもなく
天空には何人もゐない

百合の咲く都市も遠く
たゞ鏡の前で眼をとづ

（「世界開闢説」最終部分）(11)

この詩の部分には、「暗黒」とか、憂鬱な生活を思わせる「貧弱な窓」とか、「おれの想像したサボテンの花」が「暗殺」されるとか、塞いだ気持ちを紛らわせてくれる何ものも「なし」とか、詩集『月に吠える』のなかの詩篇と同様に、救いの象徴である「天空には何人もゐない」とかいうように、追いつめられた孤独感が表現されている。この孤独感は、本来はものを映すためにある鏡なのに、その「鏡の前で眼をとづ」しかないという最終行の行為によって、絶望の心境にまで達している。引用した詩の部分は、明らかに閉塞感、憂鬱、孤独感などといった表現を絶望の表現にまで意図的に高めているのである。

ということは、西脇順三郎は人間の孤独感や人生への絶望はどうしようもないことだという認識を根底にして、それらを諦観視しているのであり、朔太郎のように、それらと真剣に向き合う表現を試みようとはしていないのである。朔太郎は次の詩集『青猫』（新潮社、一九二三年一月）では、憂鬱や孤独を正面に据えて、それらを自己の肉体の腐敗感覚（詩「艶めかしい墓場」など参照）やタナトス（死への衝動、詩「五月の死人」など参照）やネクロフィリア（死体愛好症、詩「猫柳」など参照）の表現にまで深めるが、西脇順三郎はそこまで自分の憂鬱や孤独を追求する「精神」を「失くしている」のである。

「世界開闢説」の引用した部分に立ち返れば、詩は、暗い未明から朝にかけての情景、そのなかの一つの現実によって消される想像物（花）、消されたことで不在となった多くの気に入りのものと救い、孤独を癒やす花咲く都市との隔絶感と展開してきて、最終行では孤独感を絶望に高めていた。この詩の部分には孤独感や絶望を内面的に追求する表現は殆どなくて、詩は既述したような場面の展開によって組み立てられている。つまり、西脇順三郎は孤独感や絶望について、内面的にならないように、外面的な物を使って思考の展開（ここではこれを思考のスタイルとする）をしているのであり、最終的には物を映す鏡にその機能を果たさせないイロニカルな行為により、換言すれば、敢えて意味のないイロニカルな行為をすることにより、孤独感や絶望を滑稽化すること、つまり、それらの諧謔化を図っているのである。西脇順三郎は近代詩における孤独感や絶望を、こうした思考のスタイルと諧謔とによって現代詩の表現にしたのであり、向き合わない限りは解決のない孤独感や絶望を、本質的な解決ではないが、思考のスタイルと諧謔という詩の言葉の創造に賭けることで超えようとしたのである。

六　思考のスタイルと現代詩

思考のスタイルがよく発揮されている一篇に、詩集『ambarvalia』に収められた詩「手」がある。

精靈の動脈が切れ、神のフイルムが切れ、
枯れ果てた材木の中を通して夢みる精氣の
手をとつて、唇の暗黒をさぐるとき、
忍冬の花が延びて、岩を薫らし森を殺す。

小鳥の首と寶石のたそがれに手をのばし、
夢みるこの手にスミルナの夢がある。
燃える薔薇の藪。

（「手」全）[12]

最終行の「燃える薔薇の藪」は、ゲーテがバイロンのことを言った比喩（メトニミー）[13]だが、この詩の解読にはこの比喩がヒントになる。この比喩は前の行の「手」ないし「夢」のイメージ化であり、「燃える薔薇」から考えると、情熱的、浪漫的な内容を表している。さらに、タイトルの「手」、「スミルナの夢がある」「手」、「寶石のたそがれに」延ばす「手」などから考えると、「手」は情熱的、浪漫的な対象に向かう美意識の暗喩（メタファー）になっている。だから、「夢みる精氣の／手をとつて」（一、三行目）というときの、記述されていない「手」は、樹木が倒れ「枯れ果てた材木」から現れる「精氣」とともに、「森」のなかの美的なもの（「唇の暗黒」などのグロテスクなものを含む）に情熱的、浪漫的になって向かうこの詩の語り手の美意識なのである。

詩「手」は、民俗学者・フレイザーの著書『金枝篇』（一八九〇～一九一五年、一九三六年）[14]や、キーツの詩集『エンデイミオン』[15]（一八一八年）のなかの「森」に浪漫性を見出した西脇順三郎の、情熱を籠めて西欧の「森」の文化を学んだ嘗ての経験を踏まえている。この経験をあらためて現代詩に表現しようとしたとき、彼は主に暗喩を駆使しながら、民俗学的な見方を誇張した森で起きる倒木、材木となった樹木のなかの精気の存在、キーツの詩集の森に現れるものごとを借りた、精気との手を取り合った探索、暗い森との対照を考慮した明るい古代海港都市スミルナ（現、トルコのイズミル市）への憧れ、詩の全体を統括する換喩（最終行）、というように詩の流れ、即ち、思考のスタイルを組み立てた。

こうして、詩における森への近代詩的な、ないしは前近代的な情熱的で浪漫的な美意識は、比喩表現を多用した思考のスタイルにより、現代詩に甦ったのである。さらに、詩「手」もイマジズムの方法で表現されているので、抒情詩と同様、浪漫性溢れるこの詩もイマジズムで乗り超えられているといえる。また、本格的に、自意識の動きを行動的な「手」のイメージで表現したのは朔太郎である。例えば詩「感傷の手」[16]には、「手ははがねとなり、／いんさんとして土地を掘る」とあって、行き詰まった意識は手を鉱物化し、感傷に押されて目的意識のない行動を手にとらせている。この救いのない陰惨な自意識の暗喩としての「手」は、西脇順三郎になると目的意識をもて積極的に行動する、情熱的で浪漫的な美意識の暗喩となり、しかも、情熱的で浪漫的な美意識は、詩を知的に組み立てる思考のスタイルで隠蔽されることにより、現代詩の表現になったのである。

七　諧謔と一体化した表現の「無」

西脇順三郎の一九三〇年代初頭までの現代詩の特色を考えるとき、彼が生涯を通して追求した「無」の表現を避けることはできない。ただ、確かに、詩論的散文詩「トリトンの噴水」[17]では「無という者ほど威厳に富むものは無い」と言い、自らの詩観の総決算の詩論書『詩学』（筑摩書房、一九六八年三月）でも「すぐれた詩は『無の栄華』である」と言ってはいるが、戦前、戦中の「無」の表現と戦後の「無」の表現とはその内容が大きく違っている。ここでは、戦前（一九三一年以前）の「無」の表現について言及したい。

魚狗の囀る有効なる時期に遙に向方にアクロポリスを眺めつゝ幼少の足を延してその爪を新鮮にせしは一個の胡桃の中でなく一個の漂布者の頭の上である。

（「馥郁タル火夫」部分）[18]

この詩の一文は、カワセミが鳴くよい季節に、一幼少年がギリシアのアクロポリス神殿を眺めながら、クルミの中ではなく、布を晒す者の頭上で爪を新鮮にした（爪切り、爪磨き、美爪術（ネイルアート）などをした）という意味である。この文が根本的なところで現実的な意味をなさないのは、幼少年の「爪を新鮮にせし」という過去の行為の場が、「漂布者の頭の上」であったと表現されているからである。もっと削ぎ落として言えば、「爪を新鮮にせし」という言葉と、現実的にはこの言葉と結び付かない、或いは関係が遠い「漂布者の頭の上」という言葉とが結び付けられているからである。この詩の一文は、意図的に現実的な意味を表さないように（具体的には、これを読む者が現実的な意味を汲み取れないように）表現されている。つまり、既述した「無」（ここでは詩の意味の「無」）が目指されているわけである。

ところが、この一文は単純に「無」が目指されているわけではない。ここではアクロポリス神殿を眺め、完成などこの世にないと思っていたのに、そこに神聖なものの啓示を受けて、永遠の美（理性と等価で神に対する尊敬そのもの）の典型というギリシアの奇蹟を発見した、元々敬虔なクリスチャンであったルナンとその著作『思い出』[19]とが詩の下地に隠されていることを見逃してはならない。すると引用したこの詩の部分は、キリスト教信仰者であったルナンの、古代ギリシア文化に接して、神への尊敬に匹敵する異教の美を見出した青年時代の経験が、「幼少」期に戻されて、しかも「漂布者の頭の上」に「足を延」すという奇異な行為をとらされていることに気付く。とすれば、これは幼少期のルナンが他人の頭上に自分の足を延ばすというかたちで滑稽化されているわけで、明らかにルナンの精神性や浪漫性や理想主義に対する諧謔の表現である。

つまり、表現の「無」は諧謔と表裏一体の関係になっているのである。勿論、この諧謔は既述したように、人生哲学としては自らを救われないと観念した西脇順三郎が、消極的な意味で孤独感や絶望から感性的な解放を果たすためのものであり、ボードレールの諧謔の精神を引き継いだ、知的な享楽主義者（エピキュリアン）の一面を表すものでもあった。

西脇順三郎は草創期の日本の現代詩の時代（一九二〇年代〜三〇年代初め）に、表現としての意味の「無」を中心に置いて、近代詩を乗り超える新しい詩を書いていった。夢や無意識を原資とする超現実主義（シュールレアリスム）とは異なる、彼の異質な言葉同士を結合させて自然や現実を超えていく方法は、彼の詩の後継者としての瀧口修造へと引き継がれていった。「僕の黄金の爪の内部の滝の飛沫に濡れた客間に襲来する一人の純粋の直観の女性。」（詩「絶対への接吻」冒頭部分）[20]という詩の一部分にも見られるように、瀧口の詩は典拠や来歴をもたない、自立させられた異質な言葉同士が直接にぶつかり合い、現実を超えた抽象的な言語空間を創出していく。「爪の内部」とその「客間」との結合、その結合した空間に出現する「純粋の直観の女性」というように、一つの言葉は他の異質な言葉と相互に混じり合うことのない衝突を繰り返しながら、全体としては抽象的で観念的な終わりのない詩の世界を展開させていく。西脇順三郎の詩は、日本の現代詩が一九三〇年代初めにそうした極点の言語空間に上（のぼ）り詰める可能性と方法とを準備していたのである。

【注】

(1)ともに引用は『日本資本主義の没落Ⅰ』楫西光速他（東京大学出版会、一九六〇年一二月）に拠る。

(2)以上、引用は『無政府主義』久津見蕨村（平民書房、一九〇六年一一月）に拠る。本書では各々一章ずつをとって、早くもプルードン、スチルネル、バクーニン、クロポトキンなどの「無政府主義」に言及している。

(3)この時期は初期社会主義の思想や運動の第二期に当たる。雑誌『労働世界』発行（一八九七年）、社会主義研究会発足（一八九八年）、社会主義協会設立（一九〇〇年）、社会民主党結成（一九〇一年）、幸徳秋水『我は社会主義者也』（同前）刊行、児玉花外『社会主義詩集』（一九〇三年）発禁処分などはこの時期の出来事である。

(4)国際的で行動的な立場から思想、芸術の統一戦線をつくった雑誌『種蒔く人』（一九二一年創刊）の後継誌である『文芸戦線』が創刊されたのは一九二四年（大正一三年）であり、『文芸戦線』はプロレタリア文学に大きな収穫と発展性とをもたらす。

(5)エッセイ「脳髄の日記」（『西脇順三郎全詩集』筑摩書房、一九六四年九月所収）。

(6)この頃の西脇順三郎（年齢はほぼ現在の中学生に同じ）は旧制新潟県立小千谷中学校の生徒であった。

(7)初出は詩誌『MADAME BLANCHE』4(ボン書店、一九三三年一月)だが、異同は殆どない。

(8)「第一回西脇セミナー」(『詩学』詩学社、一九六七年四月)での西脇順三郎の発言に拠る。本来は詩「コリコスの歌」のテクストないしコンテクストから、アビドス人は日本人であることを論証しないといえないが、ここではそれを省略する。

(9)初出は誌詩『尺牘』第一冊(椎の木社、一九三三年二月)だが、異同は殆どない。

(10)この影響については、西脇順三郎のエッセイ「MAISTER萩原と僕」(『椎の木』椎の木社、一九三六年二月)を参照のこと。このエッセイには朔太郎の詩集『月に吠える』を読んだことが記されている。

(11)この詩の初出は一九二六年七月発行の『三田文学』で、詩集『Ambarvalia』所収。多少の異同があるが詩集所収形を引用した。

(12)初出は詩誌『MADAME BLANCHE』8(ボン書店、一九三三年七月)だが、多くの異同がある。詩集所収形のほうが完成度が高い。ここでは詩集所収形から引用した。

(13)『ゲーテとの対話(下)』エッカーマン、山下肇訳(岩波文庫、一九六九年三月)を参照した。

(14)詩「手」の一行目の、「切れ」る(樹木が倒れるの暗喩)「精靈の動脈」や「神のフイルム」は、『金枝篇』から得た知見やそこからの応用である。植物を暗喩として動物化したり神格化したりしている。

(15)詩「手」のなかの森に出てくる花や岩や小鳥などは、『エンデイミオン』のなかの森にも出てくるものである。

(16)『月に吠える』(前出)所収、初出は誌詩『詩歌』(白日社、一九一四年九月)である。

⒄『シュルレアリスム文学論』（天人社、一九三〇年一一月）所収。

⒅この詩の初出は一九二七年一二月発行の詩誌『馥郁タル火夫ヨ』で、詩集『ambarvalia』所収。多少の異同があるが詩集所収形を引用した。

⒆フランスの歴史家 Joseph-Ernest Renan（1823 ~ 1829）の『Souvenir denfance et de jeunesse』（1883）のこと。ここでは邦訳『思い出』（創元社、一九四九年四月）を使用した。ルナンのこのアテネでの経験は彼が四三歳のときである。

⒇瀧口修造の詩で、初出は誌詩『詩神』（詩神社、一九三一年一月）。引用はこれに拠った。

●西脇順三郎年譜

（澤　正宏・作成）

一八九四（明治二七）年
一月二〇日、新潟県北魚沼郡小千谷町一三八番地（現、平成一丁目）に次男として生まれる。父寛蔵、母キサで屋号は「西清（にっせい）」。西脇家は文政年間より代々縮問屋を経営し、会津藩や京都の商人などと取り引きしていた。

一九〇〇（明治三三）年　満六歳
四月、小千谷尋常高等小学校に入学、内気な性格で異性と遊ぶことが多かった。得意な科目は「図画」であった。

一九〇六（明治三九）年　満一二歳
旧制新潟県立小千谷中学校（現、小千谷高等学校）に入学、英語に異常な関心を抱く。ニックネームは「英語屋」。

一九一一（明治四四）年　満一七歳
中学卒業、画家を志望し上京、藤島武二の内弟子となり「白馬会」に入会、画学生の気風に馴染めず画家を断念。

一九一四（大正三）年　満二〇歳
九月、慶應義塾大学理財科に入学、同級の野坂參三と『資本論』を読み合う。遠縁の鷲尾雨工とも交友する。

一九一七（大正六）年　満二三歳
三月、卒業論文「純粋経済学」（全文ラテン語、四百字詰め原稿用紙約三〇枚）を指導教授の小泉信三に提出する。

一九二〇（大正九）年　満二六歳
前年、条約局勤務（外務省嘱託）、四月、慶應義塾大学予科教員となる。福原路草に『月に吠える』を教えられる。

一九二二（大正一一）年　満二八歳
七月、言語学、英語英文学、文芸批評の研究のため、慶應義塾大学留学生として渡英、新学期に間に合わず一年間をモダニズム全盛のロンドンで、ジョン・コリアなどと交友して過ごす。順三郎の浪漫詩の傾向は否定される。

一九二三（大正一二）年　満二九歳
一〇月、オックスフォード大学ニュー・カレッジに入学、専門として主に古代中世英語・英文学を学ぶ。

一九二四（大正一三）年　満三〇歳
パリでフランス印象派絵画を鑑賞、『ザ・チャップブック』に詩を発表、英国人画家マージョリ・ビドルと結婚。

一九二五（大正一四）年　満三一歳
英文詩集『Spectrum』（ケイム・プレス社、自費出版）を刊行、仏文詩集は断られる。ロンドンから帰国する。

一九二六（大正一五）年　満三二歳
四月、慶應義塾大学文学部教授に就任、文科学生の瀧口修造、佐藤朔らと交友、『三田文学』に詩や詩論を発表する。

一九二七（昭和二）年　満三三歳
日本版の超現実主義の詩誌『馥郁タル火夫ヨ』を順三郎が中心となって刊行、一二〇部限定、表紙絵はマージョリ。
一九二九（昭和四）年　満三五歳
四月、『三田文学』の編集・発行人となる。一〇月、日本英文学会で英語で講演、一一月、『超現実主義詩論』刊行。
一九三二（昭和七）年　満三八歳
マージョリと離婚、桑山冴子と結婚する。麻布から渋谷区宇田川町へ転居。一一月、『西洋詩歌論』を刊行する。
一九三三（昭和八）年　満三九歳
九月、詩集『Ambarvalia』、一〇月、『ヨーロッパ文学』、訳詩集『ヂオイス詩集』などをそれぞれ刊行する。
一九三五（昭和一〇）年　満四一歳
この頃より詩作意欲が減退、句会に度々出席する。萩原朔太郎と渋谷の酒場で酒を飲みつつ詩論を語り合う。
一九三六（昭和一一）年　満四二歳
学術研究に専心、留学より継続の英語の口語体と文語体の比較研究を行い、一二月に『口語と文語』を刊行する。
一九四二（昭和一七）年　満四八歳
四月、家族を鎌倉に移す。五月、萩原朔太郎が死去、九月、一九三四年から出講の津田英学塾講師を辞任する。
一九四四（昭和一九）年　満五〇歳
妻子を郷里小千谷に、蔵書は千葉にそれぞれ疎開させる。よく日本古典文学を読み、水墨画を描く。
一九四五（昭和二〇）年　満五一歳
七月、東京より小千谷に移り、翌月敗戦。九月、単身上京し、再び慶應義塾大学の教壇に立つ。
一九四七（昭和二二）年　満五三歳
八月、『あむばるわりあ』、『旅人かへらず』をそれぞれ刊行、詩壇ではこの二詩集に賛否両論の評価があった。
一九四九（昭和二四）年　満五五歳
六月、『古代文学序説』で慶應義塾大学より文学博士の学位を受ける。主査は厨川文夫、副査は折口信夫など。
一九五三（昭和二八）年　満五九歳
詩集『近代の寓話』刊、詩集は五七年『第三の神話』、六〇年『失われた時』、六七年『礼記』と刊行が続く。
一九六九（昭和四四）年　満七五歳
乞食としての放浪者という人間の理想を歌う詩集『壌歌』刊、七九年には最後の詩集となる『人類』を刊行する。
一九八二（昭和五七）年　満八八歳
誕生日に自宅で米寿の祝いをする。五月一〇日に帰郷、衰弱激しいため直ちに入院。六月五日午前四時二〇分、越後三山、信濃川が見える小千谷総合病院にて死去。六月一五日小千谷市民葬、一九日「The Times」に追悼文掲載。

in November in the same year, the Ojiya City Board Education published *A Short Biography of Junzaburo Nishiwaki* for Junior and high school students, especially for the inheritance of Nishiwaki's poetry. Thus, I expect much that these 'cross-cultural' facts will lead to the first step to succeed the heritage of one great poet now in the twenty-first century.

Fukushima, February 2015 MASAHIRO SAWA

PREFACE

The Kyodo News morning paper on January 3 in 2015 reported the news that the Swedish Academy disclosed the candidates for the 1964 Nobel Prize, and Junzaburo Nishiwaki (1894-1982), a Japanese poet, was included with other big names. Nishiwaki had been listed as one of the candidates for six years, highly esteemed by the Nobel Committee. (The Prize-winner in the same year was Jean-Paul Sartre (1905-1980), a French philosopher, but he excused himself from the Prize.)

The contents discussed in the Committee in Literature has stayed unclear, so we can hardly find how Nishiwaki's poetical works attracted the Committee members, but his works were certain to possess the possibility of expression as modern poetry half a century ago.

The present work is published under the basic issue of how Nishiwaki's poetry or poetics can be transmitted in the twenty-first century, and aims at passing on the possibility as facts, far from a book of prediction. The 'silent' continuation of Nishiwaki's poetry has happened around me. First, I was invited as a lecturer on Nishiwaki's poetical works in the International Meeting of 'Language and Culture in Japan' held at Seoul Women's College by the Korean Academic Society of Language and Culture of Japan in September 2011. Second, the first volume of *The Academic Data Collection of Junzaburo Nishiwaki* (3 vols.)was published to deepen the researches by Cross Culture Publishing Company in November 2011. Third, Tetsushi Suwa (1969-), an Akutagawa Prize-winner told me in September 2014 that the encounter with Nishiwaki's poetry had a decisive influence upon him, a young novelist. And

小社主催・文化講演会開催2009～2014

第１回　演題　**『図書館に訊け！と訴える』**
講師　井上真琴（大学コンソーシアム京都副事務局長）
2009年11月７日開催

第２回　演題　**『詩人西脇順三郎を語る』**
講師　澤　正宏（福島大学教授／近現代文学）
2010年５月８日開催

第３回　演題　**『江戸時代を考える—鎖国と農業』**
講師　矢嶋道文（関東学院大学教授／比較文化史）
2010年11月20日開催

第４回　演題　**『移動・文化的接触：雑誌「平和」をつくる人びと—日本・アメリカ・イギリスとの交流—』**
講師　坂口満宏（京都女子大学教授／文化史）
2011年５月28日開催

第５回　演題　**『日米の架け橋—シカゴ流よもやま話』**
講師　奥泉栄三郎（シカゴ大学図書館日本研究上席司書）
2011年11月12日開催

第６回　演題　**『今 原発を考える—フクシマからの発言』**
講師　安田純治（弁護士）・澤　正宏（福島大学教授）
2012年６月16日開催

第７回　演題　**『危機に立つ教育委員会』**
講師　高橋寛人（横浜市立大学教授／教育行政学）
2012年12月８日開催

第８回　演題　**『慰安婦問題』**
講師　林　博史（関東学院大学教授／政治学）
2013年７月13日開催

第９回　演題　**『徳川時代の平和』**
講師　落合　功（青山学院大学教授／日本経済史）
2014年７月19日開催

（敬称略。講師肩書きは講演会開催当時のものです）

小社では年２回、講師を招き文化講演会を開催しております。ご案内希望の方はメールにてお問い合わせ下さい。
（e-mail:crocul99@sound.ocn.ne.jp）

澤　正宏（さわ　まさひろ）

1946年生まれ。福島大学名誉教授。
近現代文学研究者。

著書・編著書

『西脇順三郎の詩と詩論』桜楓社、1991年
『作品で読む近代詩史』白地社、1990年
『詩の成り立つところ—日本の近代詩、現代詩への接近』翰林書房、2001年『西脇順三郎物語—小千谷が生んだ世界の詩人—』小千谷市教育委員会、2015年
『現代詩大事典』（編集委員）三省堂、2008年
編集・解説『西脇順三郎研究資料集　全３巻』2011年
解説・解題『福島原発設置反対運動裁判資料　全７巻』2012年
『伊方原発設置反対運動裁判資料　全７巻』2013・2014年、いずれも小社刊

21世紀の西脇順三郎　今語り継ぐ詩的冒険　CPC リブレ NO.3

2015年2月28日　第１刷発行

著　者　澤　正宏
発行者　川角功成
発行所　有限会社　クロスカルチャー出版
〒101-0064　東京都千代田区猿楽町 2-7-6
電話 03-5577-6707　FAX 03-5577-6708
http://www.crosscul.com
印刷・製本　石川特殊特急製本株式会社

ISBN 978-4-905388-81-4 C0095 Printed in Japan